궤적을
찾다

궤적을 찾다

1판 1쇄 발행 | 2018년 12월 26일

지은이 | 우광미
발행인 | 이선우
펴낸곳 | 도서출판 선우미디어

　　　　등록 | 1997. 8. 7 제305-2014-000020
　　　　02643 서울시 동대문구 장한로12길 40, 101동 203호
　　　　☎ 2272-3351, 3352 팩스: 2272-5540
　　　　sunwoome@hanmail.net
　　　　Printed in Korea ⓒ 2018. 우광미

값 13,000원

※ 이 도서의 국립중앙도서관 출판예정도서목록(CIP)은 서지정보유통지원시스템
　 홈페이지(http://seoji.nl.go.kr)와 국가자료공동목록시스템(http://www.nl.go.kr/kolisnet)에서
　 이용하실 수 있습니다.(CIP제어번호: CIP2018042389)

ISBN 978-89-5658-598-7 03810

우광미 에세이

궤적을
찾다

선우미디어

작가의 말

할 수 있다면,

세상으로 나간 나의 글들을 모두 불러 모으고 싶다.

설익어 가쁜 숨을 쉬고 있을 문장들이 늘 위태로워 보인다.

이런 부족함을 알면서도 그간 작업한 글들을 곳간에서 꺼내

볕에 널어 보려고 한다. 염치없는 일이다.

결혼식을 앞둔 신부의 마음과도 같다.

그땐 보이지 않던 것이 지금 보이고

출판사에 원고를 넘기고도 퇴고가 계속된다.

책임감이란 어떤 장애도 극복할 용기를 주는가 보다.

작가라는 호칭 아래 사는 일을 잊기도 하고

홀린 듯이 밤을 지새우기도 한다.

고통의 이면을 알아가고 있는지 모른다.

다시 되풀이될 인연이다.

아마 사는 일도 이렇지 않을까 싶다.

내가 만든 업들을 끝없이 퇴고하다

최선의 문장 끝에 마침표 하나 찍는 일은 아닐까.

혼자서는 힘든 일이었다.

묵묵히 지켜봐주는 가족과

기도와 성원을 보내 주신 분들께

감사의 마음을 전한다.

어떤 일이든 처음의 의미는 깊다.

정진을 다짐할 채찍으로 여기겠다.

내 책 한 권 들고,

누구보다도 기뻐하셨을 그분께 다녀오려고 한다.

낮은 곳을 보듬은 그에게 바친다.

차례

chapter 01

도
침

搗砧

글을 쓰거나 그림을 그리기 전에 백지 앞에서
나는 가끔 공포를 느낀다.
때로는 아무런 흔적도 없는, 누구도 지나간 적 없는
새로운 길에 발을 들여놓는 것처럼 두려움에 떨기도 한다.
사는 일도 이렇듯
비어있는 종이 앞에서 자신과 독대하는 일인지도 모른다.
방안엔 다시 바람이 든다. 틈 사이로 든다. 드는 건 바람만이 아니다.
천 년의 비밀을 간직한
한지의 고요한 순응의 미소가 바람소리에 묻어난다.
가을밤을 울리는 마음의 풍경소리가
다시 내게 도침을 요구한다.
- 본문 중에서

백문白文

도장은 합당한 자리에 찍어야 제 값어치를 한다. 표지標識나 증명을 나타내며 다분히 사무적이다. 그에 비해 낙관은 글과 그림을 완성한 후 찍어서 생명력을 얻는다. 공간의 무게 중심과 여백을 고려하고 전체의 조화를 생각한다.

새긴다는 건 자신의 정체성을 드러내는 일이다. 낙관에는 양각과 음각의 두 가지 방법이 있다. 인주를 묻혔을 때 나타내고자 한 문양이 붉게 나타나는 양각인 주문朱文은 주변을 다 파내야 의도한 문양이 드러난다. 이에 반해 파인 부분이 희게 나타나는 음각인 백문白文은 주변을 그대로 두고 문양 자체를 파내야 한다.

백문을 새기는 날이다. 돌을 사포에 간다. 생각해온 문양을 복사지에 그리고 돌에 옮긴 후, 나무틀에 끼우면 작업은 시작된다. 온 신경을 칼날에 모은다. 잘하고 싶은 과한 욕심을 비워야 손이 긴장하지 않고 칼끝이 부드럽게 나간다. 조금씩 깎인 돌가루가 칼이 나가고자 하는 길을 방해한다.

　마음의 고요를 잃은 탓일까. 비켜나간 칼은 돌에 상처를 남긴다. 지울 길이 없다. 빨리 실수를 잊고 몰입해야 한다. 닦아내고 파내기를 수십 차례. 인주를 묻혀 종이에 찍어 본다. 인주를 찍기 전엔 볼 수 없었던 부분이 보인다. 파낼 때는 몰랐던 상처들이 선명하게 나타난다.

　그 위로 지난 시간을 되짚어 본다. 오랜 망설임과 조바심 끝에 했던 헛걸음과 가던 길을 멈추고 되돌아 온 발자국들이 있다. 어쩌면 삶의 정수가 빗나간 칼자국 아래에 존재하고 있었는지도 모를 일이다.

　좀 더 다듬어, 완성된 돌에 인주를 묻혀 다시 찍는다. 잔뜩 가졌던 기대감은 이내 어그러지고 만다. 거꾸로다. 어처구니조차 없는 실수다. 반드시 문양을 뒤집어 그려야만 바로 새겨진다던 선생님의 말이 그제야 떠오른다.

사는 일도 그럴까. 실수를 통해 절실히 깨닫게 된다. 인면印面을 사포에 다시 간다. 깊이 판만큼 갈아내야 한다. 뽀얀 가루들이 널브러진다. 이 가루 속에 지난날의 허물들을 모두 지우고 싶다. 내 삶도 이 돌처럼 다시 시작할 수 있다면….

문양지를 뒤집어 다시 돌에 옮긴다. 문양을 뒤집었을 뿐인데 굵기와 방향이 낯설다. 상대의 입장이 되어 바라보고 생각하는 것과 같은 세상 이치다. 다시 파내기 시작한다. 내 속의 교만과 아집까지도. 마침내 돌은 눈처럼 정결한 속살을 보이며 문양이 드러난다.

백문은 자신을 도려내고 깎아냄으로써 오롯이 드러내는 삶과 같다. 사람의 마음은 작은 방촌方寸, 즉 가슴속 한 치 사방 넓이 속에 깃들어 있다고 했던가. 우리가 열심히 살아가는 이유도 인생의 마무리 낙관을 찍기 위해서인지도 모른다. 오늘도 하루치의 삶을 각인하며 심혈을 기울여 낙관을 찍는다. 화선지 위에 나의 모습이 붉게 피어난다.

도침搗砧

해가 기울자 바깥은 마치 도량처럼 정靜하다. 가을공기에 풀벌레 소리는 더욱 또렷이 들린다. 이런 적막을 깨고 방문 너머 무언가 창호지에 부딪히는 소리가 난다. 다닥, 엷은 인기척 같아 방문을 열었다. 아무도 없다. 불빛을 향해 저돌적인 비행을 하던 하루살이와 나방들만 툇마루에 널브러져 있다.

불을 끄자 잠시 풀벌레소리가 약해지는가 싶더니 방안엔 어둠이 내리고 어둠이 짙었던 바깥은 달빛으로 환하다. 창호지 너머로 들어오는 달빛은 내 영의 불빛을 환히 밝혀주는 듯하다. 일상에서 벗어나 또 다른 세계로 들어선 것만 같다. 욕망의 불을 내리면 이렇듯 환한 빛을 볼 수 있을까. 이 빛은 절로 나의 내면으로 들어와 지난 시간의 궤적을 찾아 나선다.

빛은 맨살의 한지韓紙를 넘어 들어온다. 세상의 모든 것은 이울고 나서야 단단해지는가. 지상에 잎들을 내려놓고 맨몸으로 맞은 나무의 지난 생이 틈 사이로 들어온다. 이것에서 문득 숨결을 느낀다.

한지에는 닥나무의 생애가 담겨 있다. 올곧은 한지가 되기까지 닥나무는 가마솥에 열 시간 이상 삶겨 세속의 번뇌로 단단해진 껍질을 벗겨 피닥을 만든다. 이를 다시 말린 후 장시간 물에 불려서 남아있는 흑피를 벗겨내고 메밀짚을 태워 만든 잿물에 맨살을 삶아낸다. 저승의 문턱을 넘는 듯한 고통도 이겨내야 한다. 천 년을 변치 않는 한지의 비밀이 여기서 비롯되는 것이다. 그래도 끊지 못한 질긴 연의 집착이 있을까 하여 볕에 말려 다시 티를 골라낸다.

이후 방망이질인 도침이 시작된다. 이 과정을 수백 번 거쳐야 종이의 밀도가 높아져 섬유질을 형성한다. 또한 한지는 추운 겨울 맑고 차가운 물에 들어가야 한다. 칼바람 속에 자신의 몸을 탄탄하게 죄어 빳빳한 힘을 가지고 광택을 더한다. 해탈을 향해 끝없는 수행을 하듯 문살에 바른 한지는 대상을 압도하려 들지 않는다. 스스로가 가진 틈으로 안과 밖의 경계를 단절하지 아니하고 공존의 분리를 보여준다. 가장 겸손하고 온유한 모습으로 모든 물상을 오롯이 받아들인다. 그것을 이해하고 소통한다.

한지가 삶의 이완과 긴장을 조절한다면 양지洋紙는 실용성과 편리함의 장점이 있다. 그러나 인쇄하여 오래 보관해 두다 보면 잉크가 바래기도 하여 그 목적마저도 상실한다. 그에 반해 현존하는 세계 최고最古의 목판 인쇄물인 무구정광대다라니경無垢淨光大陀羅尼經은 한지가 천년을 지나도 변하지 않는다는 우수함을 입증하고 있다.

처음에 가진 느낌과 표현들이 퇴색해지는 양지와는 달리 한지의 매력은 시간이 지날수록 깊은 맛을 내는 데 있다. 배경으로서 본질이 가진 운치를 더해준다. 따뜻한 정도 있다. 기계적인 물질문명의 도구들과 차가운 형광등 불빛조차도 한지 한 장을 덮어 투과해 나오는 빛은 신비하리만치 따뜻하여 정겹다. 그 생의 사연들이 묻어나기 때문일까. 우리의 정서인 은근함까지도 소복이 담겨있는 듯하다.

이렇게 되기까지 생의 고통은 가혹했다. 잘리고 뜯기고 벌거벗겨져 얼마나 많은 날선 생의 매질에 몸을 맡기고 길들여졌던가. 모든 것의 집착에서 벗어난 듯 물과 불의 상대적인 경계조차도 초월했다. 평범하고 세속적인 한 나무에서 삶을 통찰하고 깨달음을 얻기 위해 감내했던 그의 흔적들이 고스란히 저 속에 있다. 어떤 질책도 싫은 내색도 없이 감내한 시간의 교향악이다. 이런 한지의 속성을 알기란 쉽지 않았다. 어릴 때부터 써 왔던 양지에 더 익숙하기 때문인지 모른다.

회색빛 숲 사이에서 정신없이 살아왔다. 지금 이 시간, 도시에선 들을 수 없었던 소리를 듣는다. 어쩌면 이런 소리는 틈으로 들어오는지도 모른다. 굳이 깊은 산자락에 있는 집필실까지 들어와야 글이 잘 써지는 건 아닐 테지만, 텔레비전과 도시의 네온사인으로부터 떠나왔다. 눈에서 떼기 힘든 휴대전화도 꺼 두었다. 이런 틈을 갈구했기 때문인지도 모른다.

어둠의 적요 속에서 한지가 들려주는 이야기를 들으며 지나온 시간들을 돌이켜본다. 나도 한 그루의 나무였을까. 그렇다면 어떤 나무였을까. 남루한 생의 시간들을 채워가면서 내게 오는 바람이 가장 혹독하다 생각했다. 무상한 것들에 대한 집착으로 신음했고, 나를 주저앉히던 비린 시간들은 이미 지나쳐 왔다고 위로하기도 했다. 이곳에 와서 온전한 혼자가 되어 달빛이 파고드는 한지를 보지 않고서는 그의 지난 생을 알 수도 읽어낼 수도 없었다. 그의 숲으로 들어가 보기 전에는 그저 단순한 종이에 지나지 않았다. 얼마나 삶의 도침을 견뎌야 나도 저리 될 수 있을까. 지난 삶의 궤적들을 바라보니 이렇게 작아질 수가 없다.

종이는 두께에 따라 흡습의 정도가 다르다. 오류를 포용하는 깊이도 다르고 압축의 정도에 따라 표현의 한계도 다르다. 원하든 원치 않든 삶의 방향에 따라 자신을 내리고 수많은 도침을 거쳐야 부드러운 표면과 강한 생명력을 지닌다.

글을 쓰거나 그림을 그리기 전에 백지 앞에서 나는 가끔 공포를 느낀다. 때로는 아무런 흔적도 없는, 누구도 지나간 적 없는 새로운 길에 발을 들여놓는 것처럼 두려움에 떨기도 한다. 사는 일도 이렇듯 비어있는 종이 앞에서 자신과 독대하는 일인지도 모른다.

방안엔 다시 바람이 든다. 틈 사이로 든다. 드는 건 바람만이 아니다. 천 년의 비밀을 간직한 한지의 고요한 순응의 미소가 바람

소리에 묻어난다. 가을밤을 울리는 마음의 풍경소리가 다시 내게

도침을 요구한다.

정물

 이곳은 모든 것이 정지해 있다. 빛과 그림자가 공존한다. 과일, 꽃, 채소, 주전자, 구두…. 주변에서 흔히 볼 수 있는 정물들이 놓여 있다. 화실의 풍경에서 빼놓을 수 없는 것이 정물대다. 지난 시절 어떤 그림을 그려야 할지 바라보기를 하던 곳이다.

 생각이 흐트러질 때엔 화실에 와서 정물대를 바라보곤 한다. 시간을 칼로 자를 수 있다면 칼에 베인 시간이 이렇듯 창백할까. 정물대에 깔린 광목천 위로 채도를 잊은 정물들의 그림자가 앉아 있다. 가만히 들여다보고 있노라면 내 마음속의 그림자도 직면하게 된다. 이렇듯 자신을 잘 바라볼 수 있을 때는 멈추어 있는 시간일 것이다.

처음에 나는 모든 정물들을 잘 그리고 싶었다. 과일이나 채소처럼 보이는 대로 그리는 것은 조금의 연습으로 가능했다. 그러나 사람의 손길이 간 것들이 갖는 내면의 기저를 읽어내기란 쉽지 않음을 알게 되었다. 그 중에서도 낡은 구두는 눈길이 자주 갔지만 만만하지 않았다. 빛바랜 구두는 끈이 윗부분으로 갈수록 느슨하게 풀어져 그 끝이 바닥에 닿아 있다. 접착제로 붙이고 재봉틀에 기워진 앞굽은 지난 세월을 말하려는지 바닥과 약간 들떠 있고, 뒷굽은 삶의 무게가 쏠린 방향으로 더 기울었다. 구두 안은 깊은 음영의 그림자가 드리워져 있었다. 구두의 주인은 어떤 사람이었을까, 잠시 유추해 보다 이내 시선은 나의 발로 옮겨진다.

내 발가락은 안으로 굽어 있다. 셋째 발가락부터 더 굽어 있다. 꼭 끼는 신발을 신어 왔기 때문이다. 언제부터인지는 몰라도 나의 시선은 바깥에 머물러 있었다. 편안함보다 예쁘게 보이는 신발을 신었다. 힐을 신는 사람들은 대부분 발가락이 굽어 있다. 모두 신발 탓이려니 생각했었다. 하이힐에 펑퍼짐한 앞코는 생각할 수 없기 때문이다. 구두에 발을 길들여야 했던 결과다. 맨발이 되는 것이 두려웠을까. 발가락처럼 마음도 굽어 있었나 보다. 내 삶은 작은 구두에서 기형이 되었는지도 모른다. 남을 의식해서 때로는 내가 아닌 나로 살아온 순간들도 신발 속에 숨어 있다.

　신발은 바닥과 맞닿는다. 내려간 만큼 삶을 절실하게 살아가게 하는 바닥의 의미를 안다. 이런 신발의 입장이 되어본 적이 있었던가. 그때 나는 어렸고 낡은 구두 속에 무엇이 있었는지 알 수 없었다. 왜 자주 미술 시험에 등장했었는지도. 기억나는 건 구도와 형태는 내 것이 더 좋은데 점수는 친구가 더 좋았다는 것이다. 그때 선생님은 보이는 것 너머에 있는 진실을 볼 줄 알아야 한다고 하셨다.

　신발은 주인과 함께 한다. 거친 돌밭을 걸어도, 세상의 오물을 맨몸으로 부딪쳐도 묵묵히 그 길을 걸어야 한다. 주인의 못난 발가락도 숨겨주고 잘못 걸어간 길도 품어준다. 어디든 삶의 끝이 척박한 곳이라도 순종하며 따른다. 이런 심성이라면 주인의 실수로 밟힌 이름 모를 들꽃의 아픔을 위로하는 기도소리도 들릴 것만 같다.

　정물대 위에는 지난 삶이 있다. 돌아봄과 반추의 시간들이 머무르는 곳이다. 지금 와서 생각하면 친구는 구두의 독백을 듣고 주름마다 생긴 번뇌와 상흔들을 알아차렸던 것 같다. 그만의 관점으로 해석하고 그것에 구두 주인의 삶을 얹어 놓았던 것 같다. 아무런 의미를 가지지 못한 것에 의미를 부여함으로써 그림은 생명을 가지게 되었으리라.

인지한다는 것은 관찰하고 그 깊이를 가늠하는 것이다. 비단 그림만이 아니라 글을 쓰는 이치도 이와 무관하지 않은 듯하다. 보통 사람들은 사물의 외면적 모습만 볼 수 있지만 심안을 가지고 있는 자는 그것의 본질을 읽어낼 수 있다.

걸을 때에는 나아가는 일에만 전념했다. 신발을 벗어두고 지난 세월을 되작여본다. 이젠 구두를 탓하지 않으련다. 온전한 나와 만나는 것을 두려워한 자신을 돌아본다. 맨발이 되는 것이 두렵지만은 않다. 맨발이 된다는 건 가장 자유로울 수 있다. 오롯이 나를 만날 수 있다는 걸 깨달았다.

마음을 가장 낮은 바닥으로 내려 본다. 설핏 두려움이 인다. 지금 내 삶도 누군가에게 읽혀지고 있지는 않을까. 어쩌면 우리 모두 누군가에게 정물로 읽혀지고 있는지도 모른다.

선을 긋다

선 긋기는 다양하다. 연필심의 굵기나 강도에 의해 선이 천차만별로 달라진다. 선의 방향에 따라 무게감도 다르다. 소묘를 할 때는 화지 위에 전체 크기를 가득 채울 수 있도록 비율을 관찰하고 중심점을 확실히 잡는다. 처음엔 연필을 눕혀서 묵직하게 선을 깔아준다. 그 위에 계속 얽히고설키게 선들을 쌓아 밑그림을 만든다.

이렇게 성실히 메우고 다듬어 나가면서 수시로 뒤로 물러나 자신의 그림을 보는 시간을 가져야 한다. 눈에 보이는 것에 매여 한 곳만 크게 보이던 것도, 거리를 두고 보면 보지 못한 것들이 보이기 때문이다. 항상 전체의 톤을 염두에 둔다. 한 발 뒤로 물러나면 주변을 바라보는 시각도 가질 수 있다.

주목할 만한 것은 그림들은 모두 그린 사람을 닮고 있다는 사실이다. 매일 접하여 익숙한 자신의 내부가 그대로 반영되기 때문일까. 굳이 이름을 보지 않아도 각자의 차별화된 성향은 개인의 특성으로 드러난다. 어쩌면 길들여지지 않는 그들의 개성이며 생명력의 발로일 수도 있다. 물론 처음에는 정확한 명암과 동세動勢를 찾아내기가 쉽지 않다. 표현하기는 더욱 어렵기에 스승의 그림을 외어서 그리기도 한다. 그런 의존이 심하면 진실을 찾아내는 능력이 붙지 않는다. 수없이 관찰하고 때로 자신이 오류를 범한 뒤에야 진실에 더 가깝게 다가설 수 있는 것이다.

선이 모여 면이 되고, 면들이 모여 입체가 된다. 그 단면을 확대해 보면 선들의 교차다. 때로는 직선의 날카로운 연필 자국이 있기도 하고, 잘못 들어간 명암을 지우개로 지워 보려다 뭉개져 처음으로 돌아가지 못하는 경우도 있다. 완벽하지는 않지만 선의 강약으로 나아가 그림자를 넣어주면 곡면曲面이 되고 입체가 된다. 삶도 자신이 정해둔 중심점을 향해 만들어 놓은 평면을 입체로 다듬는 작업일지 모른다.

사람 됨됨이도 이 선과 무관하지 않다. 그러기에 '어느 사람은 선이 굵다.' '그와의 사이에 선이 닿아 있다.' '그들과는 선을 긋고 산다.' 등의 말이 가능하다. 선이란 그 사람이 살아온 지난 삶의 흔적일 것이다.

얼마 전 뜻밖에 친구의 방문이 있었다. 연락이 끊긴 후 찾아와 준 반가움에 대화는 시간 가는 줄 모르고 이어졌다. 그러다 가지고 온 화판 속에서 여러 장의 그림을 꺼내 보여 주었다. 판매용이었다.

주변을 잘 돌아보지 않던 친구가 그림을 팔려고 바뀐 나의 연락처를 알아내고 이 먼 곳까지 찾아오다니. 전체의 흐름을 보지 못하고 자신의 그림에만 매여 있다가 이제야 뒤로 물러나 주변과 더불어 살아감을 인식한 것일까.

우리는 학창시절 같은 화실에서 소묘 수업을 받았다. 그는 진학과 동시에 집의 후원으로 입시 미술학원을 차렸고, 마침내 응용미술 족집게 강사가 되었다. 많은 합격생을 배출시켜 성업을 이루었다. 그 당시 긴 시간을 필요로 하는 회화 쪽보다는 졸업 후 취업의 기회가 다양한 응용미술 쪽으로 잠시 눈을 돌렸었다. 짧은 시간 그의 수업을 듣고 디자인 유형을 외어 시험을 본 적이 있었다. 시험 당일 쓸 물감의 색상들도 배합해 미리 준비해 갈 정도로 여유를 가졌었다. 시험 날 출제위원은 실기 제목을 칠판에 적었다.

　－구름에 달 가듯이

　공식화된 문제가 창의성을 요구하는 문제로 느닷없이 바뀌었다. 암기는 내성이 생기는 진통제인지 모른다. 자신의 창의성까지 잃게 하는 일이다. 예상치 못한 제목은 내 머릿속 생각을 얼어붙게 하기에 충분했고, 밑그림을 충실히 채우지 않고 그림자를 넣은 것처럼 텅 빈 것이었다. 그 곳엔 애초부터 중심점이 없었다.

　중심점을 잡지 않은 그림은 사상누각에 불과하다. 중심점은 삶에도 있었다. 가장 핵심이었다. 결국 그의 화실에 학생들의 발길도 점차 끊겨 문을 닫게 되었다. 모든 일은 기본이 중요하고 성실함으로 메워져야 한다는 걸 경험으로 깨달았다.

　내 지난날에 흔들리고 가벼워서 움직였던 시간들을 돌아본다. 사는 일도 수없이 교차된 작은 선들이 중심점을 향해 메워져 간다.

평범한 선들의 교감이 모여 우리의 관계를 형성하고 있다. 친구의 명함을 받고 집으로 돌아오는데 지난날 잘못 그은 선들이 떠올랐다. 지금 나의 선은 어떠한가.

매직 아워

'싸그르르'

서로를 품은 자갈을 바다는 쓸어갔다 내려놓는다. 모난 자신을 끊임없이 담금질하며 내는 화합의 소리인가. 맞지 않는 서로가 한 치의 양보도 없이 부딪치며 내는 불협화음인가. 어느 것이건 공존하고 있음은 틀림없다. 바닷물 빠지는 소리가 들린다. 어둠의 정적은 들리지 않던 소리마저도 귀 기울이게 한다. 잠시 정전이라도 되면 별들의 실체가 보이고 절망의 어둠마저도 우리를 가장 낮은 곳에서 존재의 의미를 생각하게 한다. 여명이 밝아오기를 기다리고 있다. 최상의 순간을 포착하기 위해 숨을 죽인다. 그것은 차라리 기도였다.

저기 여인이 바다를 향해 태초의 신화처럼 누워 있다. 변화무상하게 나타나는 자연의 신비함 앞에 기다림이란 의식을 치르고 있다. 아주 짧은 순간도 기다리는 자에게는 그 기다림의 부피만큼 길게만 느껴진다. 어둠속에서 여명이 밝아오면 색 온도가 높아진다. 검은 색의 배경이 짙푸른 색조를 띠기 시작한다. '매직 아워'다. 본능적으로 셔터를 누른다. 시간이 지남에 따라 온도 변화에 의해 색깔이 달라지기 때문이다. 결정적인 순간은 극히 짧으므로 장비를 미리 세팅한 후 신속히 촬영해야 한다.

어떤 분야에서든 몰입이란 수반되는 고통도 자신의 즐거움으로 전환될 수 있나 보다. 꼭두새벽부터 원하는 순간이 될 때까지 기다리다 결정적 순간에 셔터를 눌러야 한다. 셔터를 누르는 순간 잠상이 필름에 남겨진다. 예전 같으면 이것을 암실로 가져가 현상과 인화를 거친다. 그 과정 동안 또 다른 세상을 기다리는 설렘이 있었다. 필름을 현상하게 되면 우리가 보는 반대로 음영이 나타난다. 그것을 인화지에 프린트하면 우리가 보는 시점의 사진이 된다.

이제 전자 카메라 시대로 넘어오고 편리한 손전화기에 사진을 찍어 바로 확인한다. 특별한 애호가를 제외하고는 그런 아날로그식 기다림을 더 이상 필요로 하지 않는다. 시간의 효율성을 우리 삶에 대입할 뿐이다. 컴퓨터로 형상화 작업을 바로 한다. 날밤을 샌 것같이 무거워진 눈으로 결과물을 본다. 만족할 만한 사진이었으나 재차 점검을 하는 과정에서 얼룩이 보인다. 사진 속 모델의 다리 부분에 엷게 있어 금방 눈에 띄지 않았다. 촬영 전에 장비를 점검하였고 주변에 장애물은 없었다. 모니터와 렌즈를 닦아보기도 한다. 어디서 잘못된 것일까?

　잠시 생각은 모델에게로 간다. 자신을 삼켜버릴 듯한 파도 앞에 무슨 생각을 하고 있었을까. 끊임없는 파도에 자갈은 모난 자신을 부대끼며 의미를 찾고, 마침내 서로를 품고 갈 때 격랑激浪 같은 인생의 파도도 공존의 법칙 안에서 모두 빠져나간다는 생각을 한 건 아닐까. 한참 시간을 보내고 나서야 깨닫는다. 온 정신을 몰입하고 있는 동안 가로등 불빛이 내 그림자를 피사체 위에 만들어 낸 것이었다. 어둠에 익숙해진 시야가 서서히 밝아오는 여명에 가시적 거리에서도 감지하지 못한 내 그림자를 본다. 내가 보고자 하면 보이는 것을 우선으로 믿으려 했다.

삶이란 참으로 많은 다양성을 가지고 있는 것 같다. 내가 정확히 본 것도 완벽하게 정당화할 수 없을 때가 있다. 철저히 믿었던 사실도 알지 못하는 사이에 변질될 수 있기 때문이다. 실체를 보는 눈을 잃어가고 있었는지도 모른다. 그것이 빨리 원인을 찾아내지 못한 이유일 게다. 의식하지 못한 사이에 때로는 타인에게 내 그림자 같은 상처를 주었을 수도 있다. 그러고도 잘못된 일의 원인을 다른 곳에서 찾으려 했을 것이다. 지켜봄으로 믿음이 생기는 원칙보다 때로는 믿음으로써 보이는 것도 있다는 걸 돌아본다.

　카메라는 사물을 관찰하고 대상의 속성을 이해하려 한다. 나의 시점이 되었다 상대의 시점이 되기도 한다. 세상을 다양한 차원으로 바라보는 훈련을 하는 것이다. 수많은 순간들을 담아 저장 칩속에 보내고 정작 자신은 비어 있다. 이제 사진은 진화된 기술로 강조하고자 하는 부분을 더욱 부각시키기도 하고 은폐하기도 한다. 지나친 수정은 거부감을 들게 하고, 너무 자신만의 세계에 빠진 경우는 주변과 어우러질 수 없다. 진실의 표현과 휴머니즘, 그것이 가진 본질을 유지하고 있어야 한다. 자신에게 오는 매순간들을 모두 소중하게 생각하고 끊임없이 노력하며 기다린다면 그 과정이 '매직 아워'였다는 걸 깨닫게 되지 않을까. 내 곁에 있는 모든 것에는 이유가 있고 의미가 있을 것이다. 내려진 많은 축복을 볼 줄 아는 심안의 세상을 열어야겠다. 그 순간 우리는 셔터를 누르면 된다.

'찰칵'

*매직 아워: 해가 뜨고 지기 전후 삼십 분. 세상이 가장 아름답게 보이는 시간.

안개 속에서

사진을 찍다 보면 피사체의 배경이 문제 될 때가 있다. 꽃이 화려하게 피어있는 곳에서 모델로 서는 경우다. 자신의 미모에 자신감을 가지고 있는 사람이라 해도 자연의 미에는 감당하기 어려운 점이 있기 마련이다. 아름다운 꽃도 살리고 인물도 드러내려는 욕구를 가지고 촬영을 하다보면 사람을 돋보이게 할 수 없다. 그래서 슬기로운 사진사는 배경을 슬쩍 밀어놓고 인물을 드러나게 배려해준다. 배경과의 호응이 피사체의 미를 극대화할 수 있기 때문이다.

그러나 가끔은 주위 배경을 유념하지 않아도 사진발이 잘 받는 사람도 있다. 지영이는 그런 친구였다. 한창 때는 미인대회에서

상을 거머쥘 정도로 아름답던 그녀의 출현에 언제나 주위 환경이 맞춰주는 듯했다. 그런 그녀가 삶의 차단기를 내리려다 미수에 그쳤다는 얘기를 처음 들었을 때, 쉽게 와 닿지 않았다. 언제나 훨씬 앞에서 질주해 갈 것이라 생각했었다. 삶은 보는 자의 것이 아니라 겪는 자의 몫이라 했던가. 어떤 시간들이 지나갔는지 모두 알 수는 없다. 내가 사는 섬으로 들어와 잠시 쉬고 싶다는 말을 했기에, 그녀를 태우고 마련해 둔 숙소를 향해 가는 길이었다.

어느새 어둠이 내려 희뿌연 하늘빛이 비라도 뿌릴 기세라, 속히 도착하는 길을 골랐다. 산을 가로질러 가기에 지름길이 되는 셈이었다. 일기가 좋지 않은 날은 운전기사들도 기피하는 길이다. 산허리를 돌아 고갯길로 들어서자 짙은 안개가 길을 막았다.

굽이굽이 고갯길을 따라 넘어가는데 안개는 줄기차게 달라붙었다. 찐득거리며 놓아주지 않던 한여름 밤의 갯가 냄새처럼 안개는 우리가 탄 차를 놓아 주지 않았다. 그 속에 있는 우리는 완전 불확실한 존재였다. 실체는 있다 해도 그 실체를 확신할 수 없는 그런 모호한 것이었다. 원근과 소실점을 상실한 시야는 우리를 세상과 분리시켰다. 불확실의 웅덩이로 추락하여 끝없는 낙하만을 하게 될지도 모른다는 불안감이 우리를 엄습해왔다. 내부에서는 아무것도 제어할 수 없기에 안개등을 켜고 서행했다. 오로지 동물적 감각으로 차를 몰았다.

안개 속은 한때 내가 살았던 세계고, 누구나 만날 수 있는 세계였다. 이와 같은 안개를 어떻게 받아들이느냐가 문제였다. 맑은 날만을 만난다면야 무슨 문제가 되랴마는 세상살이가 그런 것만은 아니지 않은가. 그래도 우리는 이 길을 헤쳐가야 하고 그곳에서 최선을 다해야 했다. 차 안에서는 무슨 방도를 모색하든 차창 밖의 세상은 바라볼 수가 없었다. 문제의 한가운데를 벗어나야 겨우 세상의 이치를 조금씩 읽어낼 수 있듯이 우리는 적극적으로 벗어나려 했으나 결코 쉬운 일이 아니었다.

문득 지영이의 살아온 배경에 생각이 머물렀다. 그동안 그녀가 걸어온 세월이 너무 맑은 날만의 연속이 아니었을까. 오늘과 같이 안개 짙은 길도 운행해야 하는 이치를 깨닫지 못한 데서 온 좌절일지 모른다는 생각이 지워지지 않았다. 이 순간 자연의 이치가 우리에게 짙은 안개를 내려준 까닭은 무엇일까. 삶을 포기하려고까지 했던 지영에게 이 안개 길은 어떤 배경으로 작용할까. 짙은 안개는 결코 끝이 날 것 같지 않았다. 점점 더 심하게 달려들며 차창을 막아섰다.

고개를 넘고 힘들게 하던 안개를 벗어나 뒤돌아보니 지난 날 한 치 앞을 볼 수 없던 안개 속에서 불확실성에 발을 동동 구르던 나의 모습도 그곳에 있었다. 안개를 배경으로 사진을 찍으려 하는데 그녀가 차에서 내렸다. 그녀의 뒤편으로 짙은 안개가 머리를 풀어헤치고 지나갔다. 안개를 배경으로 서있는 그녀의 사진을 한 장 찍었다. 분위기 있는 사진이었다. 그녀가 온전한 자신의 모습을 볼 수 있을 거란 생각이 들었다. 내일 아침에 차분한 마음이 되었을 때, 넌지시 넘겨주려는 마음이었다. 안개는 여전히 우리를 놓아주지 않았다.

삶이 불가사의하고 진실은 저 너머에 있음을 안개 속에 갇힘으로써 알게 된다. 끝이 없을 것 같은 길도 어느새 목적지까지 도착했다. 한사코 혼자 있기를 원해 펜션에 내려놓고 온 후, 나는 그녀가 다른 생각을 할까 봐 밤새 불안에 시달렸다.

아침 일찍 카메라를 메고 지영이에게 가기 위해 손전화기를 집어 들자 그녀의 긴 문자가 숨을 몰아쉬며 나를 기다리고 있다.

─가야겠어안개속을두시간이나걸어서터미널에도착했어이젠할
일을찾아봐야지지금버스탔어고마웠어.

유리창에는 안개가 와서 아직도 버티고 있다. 그 안개는 더 짙은
의미를 가지고 내 가슴으로 파고든다. 저 짙은 안개 속에서 지영이
가 질주해 가고 있다. 마당 저편에서 장미꽃이 희미하게 모습을
드러낸다. 나의 허전한 마음이 흔들리기 시작한다. 지영의 얼굴이
노르스름하게 내 의식의 저편에서 다가온다.

성자할매

두 눈으로는 볼 수 없다. 한 눈을 감아야 한다. 사진을 하는 사람들이 가장 담고 싶어 하고 욕심을 내면서도 참으로 어려운 일이 인물사진 촬영이다. 대상이 가진 내면의 감정까지도 나타내야하기 때문이다. 요즘은 초상권에 예민하여 촬영 대상에게 동의를 구해야 한다. 그러다 보면 거리에서 멋진 인물사진을 찍을 최적의 순간을 포착하고도 놓치거나, 피사체가 긴장하여 자연스러운 표정을 잃어버리는 경우도 있다.

사진작가 앙리 카르티에 브레송은 "사진을 찍을 때 한쪽 눈을 감는 이유는 마음의 눈을 위해 비워두는 것이다."라고 했다. 사진은 찍는 사람의 생각과 마음을 담는 일이다. 가장 좋은 건 찍는 사람과 찍히는 사람의 정서가 일치할 때이다. 내게도 그런 경험이 있다. 성자할매와의 인연이다. 한자 표기는 그도 나도 모르지만, 나는 성자聖慈할매라고 부른다.

성자할매는 하동 사람이다. 얼마 전 문학관에 몇 달을 머무는 동안 그녀를 만났다. 바지런함이 비길 데 없고 낙천적인 성격이다. 문학관 청소를 도맡아 하고 있는 그녀는 깡마른 체구에서 야무진 손끝이 느껴진다. 그녀는 자신의 일터와 집만을 오간다. 섬진강 십리 길에 떨어지는 꽃잎이 바람의 길 따라가도 여간해서는 마을 밖을 나가지 않는다. 오래 전 한쪽 눈의 시력을 거의 잃은 후로는 더욱 그러하다. 그런 그녀는 나에게 자연도감이다. 지천으로 나있는 풀과 꽃 이름을 척척 가르쳐 주었다.

매일 아침이면 심어 놓은 모종이 얼마나 자랐는지 텃밭으로 향했는데 내 발소리가 들렸는지 모종 아래 그녀가 놓고 간 거름이 소복이 덮여 있다. 한나절을 모시 잎 딴다더니 오후엔 내 방문 앞에 놓인 봉지 속에 모시 떡이 얌전히 들어 앉아있다. 뚝배기에 끓고 있는 성자할매 강된장이 세월의 무게를 담아낸 구수한 냄새를 낸다. 힘든 노동으로 번 돈은 사업 실패로 고향으로 들어온 아들과 손녀들의 차지다. 그런 자식도 대청마루 한구석에 놓인 성주독처럼 보살핀다. 굽은 허리 더 낮게 엎드려 너렁청한 대청마루를 들기름 묻혀 닦으면, 어느새 반지르르 윤기가 난다.

그녀를 대상으로 셔터를 누를 때 긴장감을 풀기 위해 수시로 교감을 나누었다. 마침 그녀가 쉬는 날 친구와 밭일을 할 때 빛의 세기가 알맞고 분위기가 좋아 여러 장의 사진을 찍었다. 가는귀가 먹어 자신의 말만 하는 친구는 비료포대를 손에서 놓지 않았다. 눈에 거슬려 아무리 치우려 해도 사력을 다해 움켜쥐었다. 어디서 그런 힘이 나오는지 알 수 없었다. 고집이 몹시 센 분이구나 속으로 생각하고 사진을 찍었다. 얼마지 않아 먹장구름이 몰려와 서둘러 작업을 마쳐야 했다.

숙소로 향해 걸어오던 길에, 그 비료포대의 사연을 들었다. 다 키운 자식을 교통사고로 잃고 절망에 빠져 바깥출입을 하지 않고 지내다 석 달 만에 친구가 밖으로 나왔다 했다. 본다고 해서 다 보이는 게 아닌가 보다. 어쩌면 현실을 인정하고 싶지 않은 소망이 성자할매 친구분의 비료포대에 들어 있지는 않았을까. 어쩌면 나는 마음의 눈을 비워두지 못했나 보다.

오전 내내 비가 내린다. 외출 후에 돌아와 보니 벗어둔 운동화가 볕 잘 드는 댓돌 위에 놓여있다. 바람이 들이쳐 처마 밑에 둔 운동화가 빗물에 젖은 모양이다. 봄볕이 신발 위로 쏟아지고 있다. 그녀에게서, 검불 냄새나는 머리 수건을 쓰고 정지문 앞에 서있는 우리의 어머니를 본다.

그녀는 마을을 벗어나지 않는다. 카메라의 정면을 응시하지도 않는다. 그녀는 오래 전 시력을 잃은 터여서, 곁에 있는 누구에게라도 힘들게 하고 싶지 않아 먼 곳 출입을 삼간다. 그러나 보이는 것 너머에 있는 것을 보기 위해 그녀는 이미 마음의 눈을 비워두고 있는지도 모른다.

물이 거슬러 오르는 법이 없듯이 강처럼 흐르는 그녀. 하루치의 노동에 감사하고 만족하며 자연에 순응하는 삶. 정직한 성자할매의 모습에 절로 숙연해진다. 나도 한 눈을 감음으로써 마음의 눈이 밝게 뜨이려나 사진을 찍을 때만이라도 성자할매처럼.

442

출입문이 닫힌다. 조명이 켜지고 무대 위로 올라온 단원들은 자리를 찾아 앉는다. 저마다의 악기를 점검한다. 민낯의 소리들이다. 소리는 점차 잦아들고 일순간 정적이 흐른다. 자리에서 일어선 악장의 신호에 의해 오케스트라는 조율이 시작되고, 악기들은 잠시 소음을 일으킨 뒤 정일한 내면을 맞춘다.

전체 음정의 밸런스를 유지하기 위해 반드시 거치는 과정이다. 그 기준음은 442Hz다. 전체를 이끌어 가는 약속이기도 하다. 현악기는 운지運指를 하지 않고 관악기는 밸브를 움직이지 않고 내는 음으로 맞춘다. 이 과정을 통해 가장 안정적인 악기 상태를 유지한다. 시대에 따라 약간의 차이가 있기는 하지만 442는 음이 명료하고 화려하게 들리는 높이다.

들는 귀가 자신이 없으면 조율기를 사용하기도 한다. 단번에 들리지 않는다 하여 이것에 의존하면 음감이 떨어질 수 있다. 음감이 떨어지는 연주자는 테크닉이 아무리 좋아도 한계를 빨리 느낄 수밖에 없다. 늘 주변의 소리를 들고 맞추어 나가야 하는 직업의 성격 때문이기도 하다.

연주가 시작되면 곡 전체에 대한 각자의 역할은 정해져 있다. 파트별로 나누어져 전체 하모니를 생각해야 한다. 내 파트도 마찬가지다. 1바이올린이 돋보이도록 넘치지도 떨어지지도 않게 화음을 넣어준다. 이처럼 오케스트라 안에서는 자신을 내려놓아야 한다. 내린다 하더라도 빠른 곡은 테크닉을 요구하고 느린 곡은 그 이상을 요구한다. 다른 소리에 묻히지 않는 자신의 소리가 오롯이 들리기 때문이다.

휘몰아치는 삶의 여정은 그 흐름에 맞게 대처한다. 그와 달리 변화 없이 느리게 가는 순간들은 어떤 감성으로 채워가야 하는가. 되풀이되는 일상에 잠식되지 않고 자신만의 세계에서 심연의 밭을 가꾸다 보면 마음에 평화가 오고 비로소 좋은 소리도 찾아온다. 가다 보니 느린 곡의 소중함을 알게 된다. 기교를 넘어서는 따뜻한 서정이 있을 때 사람의 마음은 움직인다. 연주 도중에 누구 하나가 하모니를 이루지 못하면 주어진 기준에서 그를 무시하고 가거나 같이 연주하는 걸 거부할 수도 있다. 단원으로 살아남는 길은 끊임없는 반복의 연습을 몸에 배게 하는 것이다. 낮은 곳에서 제 몫을 다하는 성실함이야말로 자신을 지키는 최고의 방패다. 드러나 칭찬 받지 못하는 자의 갈증을 스스로 극복해야 한다.

이렇듯 노력을 해도 사는 일에 서열은 어디든 있기 마련이다. 아무리 오래 자리를 지키고 있다 하더라도 유능한 인재가 들어오면 배경이 되어야 하는 것이 순리다.

가끔은 오랫동안 자리를 지키고 있는 단원이 새 단원과 불협화음을 일으킨다. 그 중 하나가 악보를 넘기는 일이다. 연주 도중 왼쪽에 앉은 사람이 해야 한다. 이것이 서열이다. 실력에 따라 앉는 자리가 다르기 때문이다. 자식과 같은 연배의 동료에게 자신을 내리는 일은 쉽지 않을 것이다. 일시적인 열등의식으로 잡음을 내기도 하지만 곧 현실을 인정할 수밖에 없다.

어떤 단원은 중요한 연주를 앞두고 종종 자신의 감정에 취해 전체 흐름을 깨는 소리를 낸다. 혼란스럽다. 한편으론 지난날 쉽게 내리지 못한 나의 시간들을 돌아보게 된다. 철없던 시절 내 음만 맞으면 되는 줄 알았다. 때로는 감정에 몰입되어 소리를 박차고 악보 밖으로 이탈한 적도 있었다. 자신을 내리는 일은 쉽지가 않았다. 깊이 생각해 보면 불협화음이라는 것도 자신의 존재감을 알리며 합을 향해가는 과정이다. 계속되는 연습으로 지쳐 있지만 그간 오랫동안 함께 해왔던 시간들을 떠올린다. 이렇게 더불어 가다 보면 얼마지 않아 그들도 자신의 자리를 찾아갈 거란 신뢰를 가져본다.

422에 맞추어 연주를 시작하지만 조금씩 어긋나는 소리는 모두 감수하며 간다. 모든 것을 갖추었다 하더라도 연주 도중에 악기들은 환경에 의해 미세하게 음이 변한다. 무대 위의 조명 때문에 연주 시간이 길어지면 현악기는 줄이 느슨하여 소리가 떨어지고, 관악기는 음이 높아진다. 맞춰 놓은 음도 절대적일 수는 없다.

442는 유동적이다. 시간이 흐르고 근사치를 향해 달려가고 있다는 거 외에는 알지 못한다. 연주 도중에 어긋난 음을 조율할 수는 없지만, 운지에서 조금씩 높이 잡는다거나 숨을 조절하면 된다. 연주가 불확실하고 가변성을 가졌듯이 삶도 어느 길목에서 뜻밖의 변수를 만날지 모른다. 그것은 각자의 가변성에 맡길 수밖에 없다. 어떤 상황에서도 나와 주변의 유기적인 관계를 유지하면서 우리는 연주를 마친다.

　마지막 음을 켜고 악보 속의 멜로디는 끝났다 해도, 악기를 내리지 않고 우리는 무대 밖으로 나가는 소리를 듣는다. 침묵 속에 멀리 퍼져나가는 여음을 듣고 있다. 그 여운은 나의 가슴 깊이 되돌아온다. 442는 그곳에 있었다.

지판

의식이다. 어떤 악기든 연주전에 조율을 한다. 제 음가를 가지기 위해서다. 마치 연장을 정비하고 기초 공사를 하는 것과 같다. 기타와 달리 바이올린 지판 위에는 플랫이 없다. 플랫은 금속의 띠 모양으로 지판 위에 박혀 음계를 구분해 주는 역할을 한다. 그러기에 바이올린을 처음 배우는 초보자들은 막막하다. 테이프로 임시 소리점을 지판 위에 붙인다. 찾아내려는 소리의 지점을 눈으로 확인하기 위해서다. 시각에 의존한 소리가 기억되면 테이프를 떼어내고, 청각으로 들려오는 소리를 통해 자리점을 찾아내야 한다. 수없이 반복하고 시행착오를 겪은 후, 본능적인 자신의 감각에 의

지해야만 정확한 음을 짚어낼 수 있다. 마치 지판은 구도자의 순례지 와도 같다. 끊임없는 오류와 번민을 받아들이고 잠재운다.

정확한 음의 구간들을 찾아가게 하는 소리점이 삶의 구간에도 있다면, 우리가 선택해야 할 때 두려움을 덜어낼 수 있을 것이다. 그러나 그것에 너무 의지해서 자신의 감각을 열지 않으면 지판 위에서 자유로워질 수가 없다. 갇히게 된다. 내 마음속 지판에도 오랫동안 떼지 못하는 테이프가 있다. 어머니는 내게 그런 분이셨다. 지판 위를 스스로 짚을 수 있을 시점에도 항상 계셨다. 나는 머뭇거렸고 정확한 지점에 올려놓고도 조바심을 냈다. 지금 되돌아보면 삶의 진실들은 지판의 맨바닥에서 헤매기도 하고, 헛짚어 다른 소리를 내게 되는 나의 시행착오 속에 존재하고 있었는지도 모른다.

우리는 삶의 여정에서 만나는 사람들과 함께 연주를 하게 된다. 같이 연주를 하는 동안 박자에 맞추어야만 한다. 박자는 삶이 진행되는 시간을 헤아리는 단위일 수도 있다. 본질과 교통할 수 있는, 모든 합의점이 거기에 있기 때문이다. 낙천적인 느린 박자도, 휘몰아치는 빠른 박자도, 각각의 길이는 독립되어 있지만 지판 위에서는 공존하여야 한다.

처음에는 오롯이 내 소리에만 집중하느라 남의 소리가 들리지 않는다. 차츰 남의 소리가 들리고 그것에 나의 소리가 되비친다는 것을 깨닫게 된다. 그러므로 내가 가진 고정관념의 탈피를 통해야만 외부와 연결된 세계로 들어갈 수 있다. 그것은 내면으로 다시 순환하게 되는 '뫼비우스의 띠'가 지닌 양면성일 수도 있다. 결국 우리가 느낀다는 건 외부 대상으로부터 반증되어 오는 모습을 수용하는 일이다. 그러기 위해서는 드러나지 않는 본질의 소리를 들을 수 있도록 항시 오감을 열어 두어야 한다.

지판은 통속적이다. 악보를 벗어나고 선율을 이탈하는 악기소리와도 같다. 누군가와 반드시 어울려 살아가야 하는 우리의 욕망은 때때로 다른 이와 갈등하고 충돌하며 합의점을 찾으려 한다. 어쩌면 모두가 한 맥락인지도 모른다. 내가 찾고자 하는 지판 위의 한 점일 수도 있다. 현악기의 줄처럼 그 힘을 팽창시켜 울리는 소리도 팽팽함과 느슨함이 알맞아야 제 소리를 내며 세상으로 나간다.

삶도 지판 위의 줄처럼 단번에 조율되지 않는다. 조율해 둔 줄도 짚다보면 느슨해진다. 느슨해져 제 음역을 잃어버린 줄을 다시 잡아당겨 합의점을 찾아야 한다. 그러나 연주 도중에 조율은 허락되지 않고 잘못 짚은 음은 인생처럼 돌이킬 수 없다. 이미 놓쳐버린 박자의 생각으로 자신을 가두어서도 안 된다. 자신의 내면과 교통하며 끊임없이 상대의 소리를 듣고 화음에서 벗어나지 않아야 한다. 연주자끼리의 교감과 소통은 우리 내면의 깊은 상처와 갈등을 치유시킨다. 화려한 기교가 없는 소박한 선율일지라도 진정성이 담겨 있다면 사람의 마음을 움직인다. 한때는 화려한 솔로만 돋보인다는 생각을 한 적도 있다. 그러나 자신의 한계를 알고 주어진 역할에 최선을 다하며 낮은 음역대에서 묵묵히 보조하는 역할은 위대한 화합이고 아름다운 울림이다.

삶도 사람과 시간을 재료로 하는 예술이다. 우리는 현실이란 지판 위에 숨겨진 진정한 자아를 찾아야 한다. 본질과 교통할 수 있을 때 누군가의 음을 찾아가게 하는 이념의 이정표 같은 소리점이 될 수 있을 것이다. 또한 지판 위에서 찾은 삶의 다양한 경험과 사상들은 우리의 가슴에 전달된다. 오랜 세월 습기도 머금고 상처도 가지면서, 자신을 담금질하다 보면 누군가의 눈물을 닦아주고 위로해주는 따뜻한 소리로 배어나올 것이다.

활을 들어 줄을 켠다. 현들을 조율하기 시작한다. 연주 전에 갖는 의식이다. 각각의 소리는 줄감개의 조절로 합의점을 찾는다. 공명상태의 여음이 따뜻한 소리를 내며 새벽을 가르고 세상으로 나간다.

자리표

보이지 않는 소리에도 자리가 있다. 자리의 높고 낮음은 악보에도 나타난다. 높은음자리표의 음은 상향이고, 낮은음자리표의 음은 하향이다. 높은음자리표 안에 사는 음들은 우리 눈과 귀에 익숙하다. 평소 노래를 부르면서 보아왔기에 쉽게 읽힌다. 그에 반해 낮은음자리표 안에 사는 음들은 눈에 설다. 면밀히 층수를 헤아려 보아야 알 수 있다. 시작되는 기준점이 다르기 때문이다.

세상사는 이치에 비추어 보면 큰 것에 대한 만족도는 높은음이 크고, 작은 것에 대한 만족도는 낮은음이 더 크다. 높은음은 화려하게 상승하면서 돋보이기도 하고 우월감을 마음껏 발산하여 주위의 이목을 쉽게 끈다. 이에 비해 낮은음자리표에 사는 음에는 더는 내려갈 데가 없어 날선 감정의 열등의식이 잠재되어 있기도 하다. 이 잠재의식은 밖으로 분출하기도 하고, 더러는 더욱 낮은 곳으로 자신을 추락시키기도 한다. 하지만 대개의 경우는 서로를 배려하고 지금의 자리에서 의미를 찾으려 하는 그들 나름의 은유다.

산다는 건 많은 변수를 수반한다. 때로는 높은음자리표를 보다 낮은음자리표를 봐야 할 때도 있다. 얼마 전 나는 하던 일을 내려놓고 바닥에서 다시 의미를 찾아야 했고, 새로운 길을 가야만 했다. 의사는 교통사고 후유증으로 바이올린을 계속하기는 무리라고 했다. 바이올린은 높은음자리표를 연주한다. 현란한 테크닉과 화려함을 표현하기에는 찌를 듯한 높은음이 제격이기 때문이다. 정열을 쏟던 지난 시간을 돌아보면 쉽게 접기가 힘들었다.

그러던 중 주변의 권유로 첼로를 시작하게 되었다. 첼로는 저음 악기여서 낮은음자리표를 봐야 한다. 바닥에서부터 시작해야 했다. 낯설고 혼란스럽다. 손가락으로 찾는 음의 위치부터가 다르다. 활을 쥐는 힘의 조절 또한 그렇다. 그나마 위안이 되는 건 바이올린의 높은음을 낼 때보다 첼로의 낮은음을 낼 때가 마음이 편안해지고 그만큼 오케스트라 안에서의 역할에도 부담이 덜 간다는 사실이다. 대개의 경우 첼로는 주선율을 받쳐 주는 역할을 하고 전체를 돋보이게 한다.

첼로는 악기와 가슴이 맞닿는다. 하향하는 삶의 편린들이 겹겹이 굳어져서일까, 바이올린보다는 줄이 굵다. 버거운 삶의 무게를 감당하기라도 하듯 그 줄을 팽팽히 유지하고 있는 줄감개의 장력도 장년의 무게를 거뜬히 견뎌내고 있다. 활을 긋는 순간 가슴속 밑바닥 시간의 앙금을 긁어내는 낮은음에 온몸이 울린다. 나의 몸을 울린 음은 세상을 향해 낮고 길게 퍼져 나간다. 낮다는 건 자신을 바닥에 내려놓은 자만이 느낄 수 있는 일이다. 어쩌면 제 생의 깊이를 더 삭혀 내지 못한 울음들이 고여 있는 곳이다.

불현듯 내 기억의 바닥 속에 있던 그가 떠오른다. 다섯 아들 끄트머리로 태어나 유년시절부터 귀여움을 독차지하는 막내 여동생에게 양보하는 데 익숙한 그였다. 어른이 되어 독립한 후에도 세상은 그를 주저앉혀 낮은음만을 읽도록 강요하였다. 늘 밑으로 향하는 음만을 읽어내던 그였다.

건축가의 꿈을 접고 빌딩 숲속 로프에 매달려 반짝이는 도시의 간판을 달았다. 높은 빌딩이 그에게는 삶의 가장 낮은 자리였을 것이다.

"태풍이 다녀가도 내가 건 것은 절대 날아가지 않아."

절망의 농밀한 어둠 속에서도 빛나는 자신의 꿈을 함께 걸었을지도 모른다. 주변 사람들 일이라면 물먹은 솜 같은 몸일지라도 먼저 챙기는 그였다. 불편한 속내를 절대 드러내지 않는 성격이다. 혼자 외로이 불 꺼진 네온처럼 지난 밤 데워진 감정을 곰삭였을 것이다. 그 탓일까. 몸속에서는 암세포들이 자라고 있었다. 말기가 되어서야 주변의 도움으로 수술을 받게 되었다. 두 해를 버텼다. 그런 동안에도 쓰러져가는 몸을 곧추세우며 일을 손에서 놓지 않았다. 하루치의 노동이 삶의 축복이고 가족의 따뜻한 잠자리를 제공하기 때문이었으리라.

그 해 겨울, 그는 나를 찾아왔다. 그땐 이미 곡기를 끊고 있었다. 일주일간 마련해 둔 숙소에서 깊은 침묵에 들어갔다. 집으로 돌아가던 날 '부탁할게' 라며 통장을 내밀었다. 그것의 의미를 짐작한다. 그 깊은 침묵이 내게 말해 주었기 때문이다. 뭐라 해야 할지. 희망의 끈을 놓지 말라는 진부한 말밖에. 언어의 한계성을 넘어설 수 없는 가난함이 나를 바닥으로 곤두박질치게 했다. 이 시대의 아버지라는 숙명을 짊어진 사람.

그가 떠나고 다음날 오전에 전화를 걸었다. 한참 벨이 울린 후에야 그가 받았다. 뭐든 좀 먹었느냐는 물음에

"그래 먹었어."

라고 대답했다. 먹구름이 잔뜩 낀 어제의 목소리와는 달랐다. 그 음성엔 한없는 평온함이 있었고 따뜻함까지 풍겨 나왔다. 순간 한 시름을 내려놓았다. 그의 생각에서 잠시 벗어나 일상으로 돌아와 두어 시간이나 되었을까. 전화가 왔다.

"고모, 아빠가…."

통장의 잔고가 줄어들수록 어린 아들에게 닥쳐올 세상의 칼바람이 더욱 거칠 것이라는 걸 그는 알고 있었다. 그 한기를 알기에 삶의 차단기를 스스로 내렸다. 목숨마저 저당한 채 써놓은 낮은 이의 주관식 답을 어떻게 받아들여야 할지. 그의 바닥 속에 몸을 누이지 않는 한 알지 못할 것이다. 삶이 내게 던져준 또 하나의 물음표 같은 것일 뿐이었다.

장례식엔 가족보다 먼저 도착한 친구들이 줄을 이었다. 수많은

친구들이 그가 떠나는 것을 배웅했다. 낮은 자의 아픔을 보듬는 이는 가진 자가 아니고 그들의 아픔을 아는 이들이다. 그가 베푼 많은 사랑을 보고서야 알았다. 세상의 보편적인 시선으로 보았을 때는 실패한 삶일지도 모르나, 난 그가 아름답게 살다 갔다는 사실에 충분히 공감했다. 해마다 기일이 되면 그가 묵었던 방에 그의 아들과 친구들이 다녀간다.

세상의 자리표는 우리의 겉모습이다. 고음으로 소리치는 자 누군가의 가슴을 찌를 때, 진정성 있는 낮은 소리는 상처받은 영혼을 어루만져 주고 삶의 깊이를 더한다. 모나게 혹은 부족하게 보이는 사람도 각자의 자리에서 자신의 소리로 존재한다. 그 소중함을 우리는 가끔 잊고 산다. 그들과 함께 내는 소리는 심장 깊숙이 들어와 우리의 마음을 따뜻하게 한다. 따로 또 같이 우리는 오선지 안에서 공존하여야 한다.

창밖은 흐린 날씨로 무채색이다. 악보를 펴고 첼로를 켠다. 낮은 기압으로 소리는 평소보다 낮게 멀리 퍼진다. 간간히 그의 얼굴이 악보와 오버랩 된다. 어느새 국화꽃 한 다발을 들고 나의 소리는 그에게로 가고 있다.

지금

―이렇게 쉼 없이 오래 연주하면 각 악기들의 음률이 어긋나게
돼. 이럴 땐 어떻게 해야 할까, 연주를 멈춰야 할까, 아니면 불협화
음이 생겨도 서로 필사적으로 맞춰가야만 할까?

영화 ≪마지막 사중주≫에서 도입 화두를 이렇게 던진다. 결성
25주년 기념 공연을 앞둔 세계적인 현악사중주단. 그들 내에서 음
악적, 정신적 멘토 역할을 하던 첼리스트가 파킨슨병 진단을 받으
면서 네 명의 단원들은 충격과 혼란에 빠진다. 이를 계기로 그간
숨기고 억눌러온 감정들을 드러내기 시작하고, 사중주단이 위태로

워질 것을 깊이 염려하던 첼리스트는 자신의 마지막 무대가 될 25주년 기념 공연에서 난이도가 높기로 유명한 곡을 택한다.

영화 속에서 연주되는 곡은, 베토벤이 일곱 개의 악장을 연결해서 쉼 없이 연주하라고 명시한 곡이다. 네 명의 연주자가 각자의 파트에서 악장의 중간에 쉬어서도 안 되고 조율도 허락되지 않는다. 사십 분이 넘게 쉬지 않고 연주해야 하는 까닭에 서로 음정이 어긋나는 것도 감수해야만 한다. 삶이란 무작위로 일어나는 일들의 연속이다. 때론 온전한 준비가 되어있다 하더라도 무대 위에서 어떤 변수를 만날지 알 수 없는 일이다.

성탄절을 며칠 앞두고 여러 곡을 받았다. 화음과 멜로디를 나누어 각자의 파트에서 연주를 한다. 성탄절 아침 첫 연주라 긴장도 되고 계속되는 연습으로 피곤한 터였다. 조금 늦게 도착하여 자리에 앉아 악보를 펼쳤다. 피아노 전주가 나오는 순간, 서두른 탓에 악보가 뒤바뀐 것을 알게 되었다. 잘못 펼쳐진 악보. 빠른 곡이라 바꿀 여유가 없었다. 해야 하는 건지, 기다려야 하는 건지. 그러나 나는 어느새 활을 움직이고 있었다. 같이 흐름을 타고 어긋난 부분은 과감히 버리고 암보하지 못한 부분은 잠시 타인의 소리를 들으며 다시 들어갔다. 곡이 끝날 때까지 함께 갔다.

또 다른 경우는 오래 전 야외무대에서 전자 악기로 하는 연주가 있었다. 큰 행사였기에 음향도 수준급의 프로들이 작업을 했고, 리허설도 만족할 만 했다. 모든 것이 완벽하게 준비되었다. 차례가 시작되고 얼마 지나지 않아 예상치 못했던 일이 일어났다. 일시적으로 전원이 차단되어 악기 소리는 들리지 않았다. 계속 가야 할지, 멈추어야 할지 짧은 시간에 많은 생각이 엄습해 왔다. 상황을 감지하고 멈칫했으나 리더의 드럼 소리를 따라 연주는 계속되었는데, 누군가 멈추어야 된다는 소리가 들리고 나서야 멈췄다. 어떻게 무대를 내려 왔는지 기억조차 아련하다. 멈추었다 온전한 스피커 상태가 되었을 때 다시 연주를 해야 하는 것을 생각했으면서도 왜 침묵하였는지. 두려움이지 싶다. 단원의 모든 행동은 리더를 따라야 한다는 원칙과 돌발적인 현실을 직시해야 하는 융통성 사이에서 머뭇거린 자책감이 지금도 남아있다.

삶은 누구의 입장에서 볼 것인가에 따라 그 처신도 달라진다. 하나의 개인으로 독립된 상태가 아니라, 주어진 역할에 최선을 다해야 하는 집단에서는 더욱 그러하다. 독주는 자신만의 곡 해석으로 분위기를 이끌어 나가지만 합주는 자신의 음색을 내면서 단원들의 소리를 듣고 보조를 맞추어야 한다. 설령 무대 위에서 피아노의 템포가 빨라졌다 해도 정박으로 가고 있는 자신만을 고집할 수 없다. 그 또한 흐름을 방해하는 일이다. 지휘자조차도 단원들의 흐름에 따라야 한다. 청중 없는 무대란 있을 수 없지만 현재 함께하는 팀원과의 호흡도 매우 중요한 것이다. 삶이 버겁다고 시간이 멈춰 주지 않는 것처럼 곡을 완주할 때까진 함께 가야 한다.

　물론 의도적인 것이 아니지만 그 과정 동안 불협화음이 날 수도, 제 음가를 내지 못할 수도 있다. 누군가 음이 맞지 않으면 신경 쓰이고 불편한 감정이 들기도 한다. 가까운 사람일수록 불협화음의 빈도수는 잦아지는 것 같다. 가족이라든지, 늘 보아야 하는 사람들이 주는 편안함 때문인지도 모른다. 전체를 두고 본다면, 순간의 충돌은 나아가기 위한 과정이다. 그 또한 삶의 한 부분일 것이다. 쉼 없이 불협화음을 만들어내면서 살아가는 주변 사람들의 사는 모습도 가끔 본다. 이런 경우 때로는 부재가 존재를 증명하기도 한다. 생각하면 불협화음을 연주하는 동안도 자신의 존재 증명을 쉼 없이 한 것이었으리라. 그런 상대라 할지라도 곁에 없으면 그 사람의 소중함을 실감하게 된다. 이것이 우리가 더불어 살아가는 이유이고, 삶을 지탱해 나갈 수 있게 하는 힘이 아닐까 생각한다. 때로는 막막한 현실 속에서 누군가는 나를 위해 화음을 넣어 주는 이도 있다는 희망을 잃지 않아야겠다. 또한 자신의 자리를 알고 떠나야 할 때를 아는 이는 분별이 있는 사람이다. 누군가에게는 기회를 주는 일이며 자신에게는 내면의 평화를 깃들게 한다. 알면서도 잘 안 되는 것이 사람 일이다. 삶이 변화한다는 건 생각에 의해서라기보다 그 생각이 행동으로 전환될 때 놀라운 기적도 일어난다. 우리 삶은 버거운 현재 속에 속박 되어있다. 시간을 통해서만 그 벽을 넘을 수 있고 과거와 미래를 엮는 것은 바로 지금이라는 현재를 통해서만 가능한 것이 아닐까.

마지막 무대에 오른 첼리스트의 불안한 표정과 긴장된 운지가 클로즈업된다. 연주를 멈춘 그는 일어서서 관객들에게 말한다. '쉬지 못하게 작곡한 베토벤 탓이라고.

그는 자신의 후임을 소개한 후 무대 밖으로 퇴장한다. 청중들이 열렬한 기립박수를 보낸다. 새로 영입된 단원과 함께 연주는 계속되고 현악사중주단의 아름다운 멜로디가 극장 가득 울려 퍼진다.

다카포

턱턱턱턱

둔탁한 소리를 남기며 결국 멈춘다. 밀폐된 공간 안에 돌아가던 환풍기가 제 힘에 겨웠나보다. 연습실 안은 온통 검은색이다. 검은 방음재로 차단되어 있다. 소음에 민감한 주택가 주변이라 내부에서 나는 소리는 철저히 차단되고 있다. 출입문을 닫고 나면 유일하게 외부와 연결되던 곳이 멈췄다. 순환되어야 할 공기는 배출되지 못한 채 다시 바닥으로 내려앉는다.

내성적이라 유달리 속내를 들여다보기 힘들었던 아이와 유일하게 소통되던 나와의 환풍기도 멈춰 버렸던 것일까? 살갑기만 하던 아이의 방문이 굳게 닫혀 있다. 웬만한 노크 소리엔 기척도 없다. 우산이나 상비약을 챙기듯 예방할 수 없는 사춘기의 방황이 불현듯 시작된 아이 생각이 떠오른다.

탁탁탁탁

드럼스틱의 신호소리가 들린다. 소리를 만드는 기쁨을 아는 사람들이 모였다. 각자의 파트에서 박자를 지키며 어우러진 소리를 맞추고 있다. 한참을 나아가는 동안 카랑카랑한 악장의 목소리가 연주의 맥을 끊는다.

"왜 기호를 놓치는 거야? 다카포가 쓰여 있으면 다시 돌아가서 연주를 해야 되잖아."

악장의 지적에 움찔한다. 온전히 몰입하지 못하고 아이 생각에 잠시 머무는 사이에 기호를 놓쳤다. 사는 일도 실수를 하면 다시 시작해야 되듯 연주도 다시 시작된다. 합주에서는 조그마한 실수도 건너뛰는 법이 없다. 나의 부족함으로 인하여 제대로 연습을 잘 해온 사람들도 다시 해야만 하니, 내심 더 부담스러운 일이다.

딱딱딱딱

그날따라 한산한 인근 파출소 야간 근무 경찰관이 볼펜머리를 책상에 부딪치고 있었다. 시골이라 파출소 안에는 술을 마신 후 고성 방가한 학생들 몇 명이 고작이었다. 그들을 부모들에게 돌려보내고 야식이라두 즐길 참으로 기다리는 시간의 무료함이 묻어나는 소리였다.

아이를 데리러 가는 동안 돌팔매처럼 던져지는 질문에 나는 깊은 물속을 자맥질하며 허우적거렸다. 무슨 말로 서두를 뗄까 하는 작정도 세울 수 없었다. 그저 퇴근 준비를 하다 전화를 받고 황급히 달려왔다.

마주친 아이의 눈빛에서 내 어린 날을 꺼내어 본다. 그맘때쯤 엄한 부모의 관심 속에 한번도 밖으로 표출해 보지 못한 사춘기의 기세가 웅크리고 앉아 있다. 불안하고 겁에 질린 기색이 역력하다. 상기되어 붉은 얼굴은 차라리 푸른빛을 띤다.

그곳을 빠져나와 말없이 걸었다. 때로는 말보다 더한 울림이 침묵 속에 있으리라. 바깥은 검붉은 보랏빛 어둠이 주단처럼 깔려 있다. 올 때와는 다르게 걸음이 느려진다. 기쁘고 신이 날 때나 외로움이 밀려오면 콧노래를 흥얼거리는 습관 탓인지 어느새 나도 모르게 낮은 소리로 콧노래가 나왔다. 애창곡이다. 어릴 때부터 들어 왔으니 아이도 내 눈치를 살피다 이절을 시작할 땐 따라 부른다. 우리는 누가 먼저랄 것도 없이 어깨동무 하고 집을 향해 걸었다.

탁탁탁탁

연주가 다시 시작된다. 드럼스틱의 소리가 경쾌하다. 수리를 마친 환풍기도 제대로 작동을 한다. 아름다운 음색이라 하더라도 연주 도중 만나는 여러 기호들을 잘 지키지 못하면 불협화음이 된다. 나의 부재와 의식하지 못한 무관심 속에서 아이는 박자를 벗어나 혼자 질주하였다. 자신만의 세계로 감으로써 합주에서는 벗어나게 되었으리라. 삶도 맞추는 작업이 필요하다. 지금은 다카포를 만나게 된 거야. 우리의 연주도 다시 시작될 것이다.

* 다카포dacapo : 연주에서 처음부터라는 뜻이다. 이 표가 적힌 곳에서 처음으로 되돌아가 연주하라는 뜻.

chapter 02

배추꼬랑이

가슴 쓸어내리며 애를 태운 날이 몇 날이던가.

이루지 못하는 잠결에 그의 얼굴이 어른거린다.

그 후 미안하다며 보내온 그의 문자.

흐릿하게 보이던 문자가 점점 또렷하게 보이기 시작했다.

그의 얼굴이 미소를 머금고 선명한 모습으로 바뀌고 있었다.

서운하기만 하던 가슴 한 편이 그리움으로 젖어올 무렵

그가 내게로 다가왔다.

우리의 관계를 받치고 있던

침묵이 믿음으로 레일을 물고 있었다.

- 본문 중에서

말목

"빨리 와야겠어요. 어이구, 이런⋯⋯."

수화기 너머 목소리가 다급하다. 다녀온 지 얼마 되지도 않았다. 차를 몰고 가며 내내 그녀의 생각에 빠진다. 무엇이 그녀를 그리 흥분시켰는지, 평소엔 말수도 적고 숨소리조차 낮은 사람이다. 전원생활을 꿈꾸며 마련한 시골집에 그녀는 세 들어 산다. 혼자서 십여 년째이다. 우리의 인연은 특이했다. 그녀는 내가 주인이 되기 전엔 그 집의 주인이었다.

집은 처음 보았을 때 손질이 잘된 정원이 있었다. 대나무 지지대에 몸을 의지한 청포도 줄기에는 열매가 주렁주렁하였다. 쇠죽 쑤는 바깥 아궁이며 개조된 현대식 부엌, 바다가 훤히 보이는 텃밭을 보니 평소 전원으로 옮겨 살아야겠다고 생각을 해온 터라 사야겠다는 욕심이 일었다.

사람이든 집이든 가꾸기 나름이다. 저절로 윤택해지는 건 아니다. 나처럼 가끔 들러 잠시 머무르다 가는 사람에겐 너그럽지 못했다. 제대로 관리하지 않은 집은 무성했던 정원수조차도 빈 집의 공허를 견디지 못하고 윤기를 잃어갔다.

그때 그녀가 다시 찾아왔다. 이 집에서 자신의 등을 눕히고 싶다고 했다. 처음 보았을 때와는 다르게 초점을 잃은 듯한 눈과 창백한 얼굴은 건강이 좋지 않음을 짐작케 했다. 전처럼 정원도 가꾸고 싶어 했다. 비워두는 것보단 낫다는 생각에 그녀를 들였다.

그녀는 해녀다. 바다는 그녀의 작업장이다. 바다 속으로 들어가면 땅에서 느낄 수 없는 고요가 있다고 말했다. 그 고요가 궁금했지만 묻지는 않았다. 크게 관심을 두거나 왕래를 자주 하지도 않았다. 그 곳을 지나칠 일이 생기면 잠시 들렀고, 그때마다 대문은 굳게 잠겨 있었다.

철대문의 틈 사이로 보이는 빨랫줄에선 그녀의 잠수복이 지친 몸을 누이고 있었다. 여기저기 본드로 덧대어져 세월을 말해주는 듯했다. 잠수복은 깊은 바다 속에서 수압에 시달리며 산 그녀의 삶을 말하고 있다. 온 몸을 조여 왔을 수압이 내게 왈칵 달려들었다. 안으로만 삼키던 고통은 수면 위로 올라 숨비소리를 내며 그녀를 잠시 놓아 주었을 것이다. 견디지 못한 잠수복의 소리 없는 아픔이 바다의 독백을 들려주는 것 같다. 그녀는 한 차례 쓰러진 후 온전한 몸이 아니지만 물질은 계속하였다. 말수가 적은 그녀가 정원에 아들이 심어 주었다는 나무를 자랑할 땐 생기가 돌고 딴 사람처럼 느껴졌다.

얼마 전 새집을 짓기 위해 측량을 하니 와달라는 연락을 옆집으로부터 받았다. 측량할 때는 집주인과 이웃사람이 함께 말목의 위치를 확인해야 한다. 말목은 땅의 경계를 표시하기 위해 박는 말뚝이다. 남과 나의 영역을 구분 짓는 기준이 된다. 간혹 측량 후 서로의 영역에 축소나 확장의 변화가 생길 수도 있기에 민감한 부분이다. 바쁘다는 이유로 측량한 결과대로 처리하라고 한 일이 거의 도착할 무렵 떠오른다.

현장에는 부서진 집의 잔해들이 잔뜩 쌓여 있다. 한때는 시린 바깥 바람을 막아주던 안식처였다. 시멘트 조각과 스티로폼, 각목에 박힌 못들. 그 위를 가로질러 확인한 경계선은 우리 집 처마 밑으로 일 미터나 들어와 있었다. 재측량을 나온 기사는 틀림없다며 도면과 측량기의 화면을 보여 주지만 받아들일 수 없다. 밀려오는 의구심을 주체할 수 없다. 옆집이 내 집으로 침범해 온 것이 확실하다. 이웃의 말로는 내가 도착하기 전 그녀는 담을 쌓기 위해 이전에 측량을 한 적이 있다며 새 말목을 인정하지 않았다고 한다. 급기야 전에 박아놓은 기존 말목을 찾아냈지만 거의 다 썩어 문드러지고 밑 부분만 조금 남아 있어 반박에 여지가 없었다고 한다. 나 역시 기존 말목을 확인시키며 측량의 잘못을 주장한다. 그러나 그들은 지난 측량이 잘못된 것이라며 알 수 없는 용어를 들이민다. 이런 때에 그들의 주장에 설복되어 쉽게 땅을 내어줄 사람은 아마 없을 것이다. 내 것이라 굳게 믿었던 것은 쉽게 포기하기 어렵다.

그녀의 항변은 목숨을 건 것처럼 대단했다. 말목 뿌리로 웅변하는 과거의 진실이 있어 나 또한 쉽게 수긍하지 못한다. 내 의식 속에는 기존의 말목이 떠나지 않는다. 그러나 현재의 진실에 저항할 힘이 내게는 없다.

경계는 사선으로 새로 그어졌다. 마당가에 있던 나무 둥치가 삼분의 일쯤 물린다. 옆집에선 말목을 기준으로 자기네 집으로 넘어간 나무를 잘라야 한다는 주장이었다. 그 과정에서 둥치를 자르기 힘들어 뿌리째 뽑아낸 모양이다. 바다에서 돌아온 그녀가 이를 보고 격하게 달려들자 그들이 감당하지 못하여 내게 전화한 것이었다. 도착하니 실신 상태로 방안에 누워 있다. 서성이고 있자니 이웃에 사는 해녀가 와서 한마디 내뱉는다.

"병이 도졌네. 그란다고 아들이 오것나."

그녀의 아들에 대해 처음 듣는다. 집을 팔고 얼마 지나지 않아 아들은 사업 실패로 절망에 빠져 바다로 갔다. 돌아오지 않는 아들을 만나기 위해 그녀는 매일 바다를 찾았다. 그리고 그 믿음에 확신이라도 더하듯이 이 집에 다시 들어와 살고 있었다 한다. 바라는 것들의 실상일까. 바다로 간 아들은 반드시 돌아올 것이라 믿고 있는 그녀에게 있어서 마당가의 나무는 바로 그걸 심은 아들이었는지도 모른다. 그런데 그 나무를 뽑은 것이 아닌가.

자신이 믿고 있는 진실은 남의 어떠한 논리에도 쉽게 넘어가지 않는다. 나무가 살아 있는 한 아들이 돌아올지 모른다는 희망을 가졌던 그녀. 사람에겐 소중한 것을 잃게 되면 이성으로 제어할 수 있는 감정 이외에 자신을 지키고 싶은 무언가가 있나 보다. 그것은 절망과 상생하는 것이고, 존재를 넘어서 자신의 정체성을 지탱하게 하는 것일 수도 있다. 그 곳의 진실은 침묵하며 존재하는 말목처럼 땅속에 박혀 있는지도 모른다.

이웃에게 뿌리째 뽑힌 나무를 다시 마당가에 심어 달라 부탁하고 집으로 돌아오는 길. 자꾸만 머릿속에서는 어느 말목이 진실될까 하는 질문만이 자맥질하며 따라온다.

침목

    내 유년의 뜰에는 시골의 간이역이 있다. 아침에는 그 역으로 들어서는 기차소리에 눈을 떴고, 주어진 숙제를 마치고 잠자리에 들면 열차소리는 정겹게 내게로 다가왔다.

    집에 어른들이 없는 날에는 으레 역 마당에 나가 놀았다. 그곳은 놀기에 충분한 공간이었다. 우리는 고무줄도 하고, 사방치기도 하며 놀았다. 때로는 역무원 아저씨의 눈치를 살피면서 철길에까지 나가기도 하였다. 그리곤 레일에 귀를 대고 기차가 올 시간을 가늠했다. 병마개를 레일에 올려놓고, 열차가 지나기를 기다렸다. 아이들은 납작하게 눌린 병마개로 딱지처럼 치기를 하며 놀았다. 개중에는 못을 레일에 올려 납작하게 만들어 칼처럼 사용하는 아이도 있었다.

처음에는 철길에 나가 노는 것이 두려웠으나 시간이 흐르면서 가까운 놀이터처럼 생각하게 되었다. 늘 그곳에서 놀다 보니 학교 운동장 같았다. 학교에서 돌아올 때도 먼지가 폴폴 날리는 신작로보다 레일 위로 걷기를 좋아했다. 그러다 어른들의 눈에 띄면 눈물이 빠지도록 꾸지람을 들었지만, 별로 심각하게 생각하지는 않았다.

어찌 보면 레일 위를 걸으며 집에 오는 것이 재미있었던 것 같다. 좁은 표면으로 끝없이 이어지는 레일 위에서 몸의 균형을 잡는 놀이는 우리를 충분히 매료시켰다. 그 위에서 균형을 잡다 보면 아무런 잡념도 떠오르지 않았다. 오로지 쭉 뻗은 철길 위에서 떨어지지 않으려 온 정신을 모았던 것이다.

친구와 한 쪽씩 레일을 차지하고 걷는 일이 많았다. 서로 누가 더 멀리 가나 내기도 하였다. 진 사람이 상대의 가방을 들어 주기도 했다. 레일에서 떨어지면 온전히 걷고 있는 친구까지 끌어당겨서 떨어지게 심술도 부리며 놀았다. 물론 기분이 좋은 날은 그것이다 이해가 되었다. 서로 당기기도 하고 밀치기도 하면서 집으로 왔으니까.

하지만 서로 기분이 뒤틀어진 날은 말없이 레일 위를 걷기만 하였다. 한 마디 말도 하지 않았다. 서로 눈길을 주는 법도 없었다. 상대가 레일에서 실수하여 떨어져도 웃음은커녕 돌아보지도 않았다. 레일은 두 사람의 간격을 확실하게 인식시켜 주었다. 서로 접근할 수 없도록 정확하게 떼어 놓았다.

레일의 일정한 간격은 침목이 지켜주고 있다. 레일 밑에서 받치고 있는 침목이 부품들을 물고 놓아 주지 않기 때문이다. 두 레일이 평행을 유지하며 뻗어가는 것은 침목의 그 무뚝뚝한 심성에서 비롯되는 듯이 보였다. 아무리 육중한 열차가 달려들어 뒤흔들어도 전혀 동요함이 없다. 힘에 부쳐도 끝끝내 버텨내고 레일을 움켜잡는 일에 전념하는 코일 스프링. 두 레일이 깔깔거리며 즐거워해도 지나치면 안 된다고 일러주는 침목. 가까울수록 더 거리를 지켜야 함을 일깨워 주는 것들이다.

분니가 발생하여 레일에 위험이 닥쳐도 코일 스프링은 온 힘을 다해 위기를 견뎌낸다. 열차의 힘을 이겨내지 못한 자갈이 부서지고 종내에는 생긴 분니를 제거해야 하는 철길. 이 일이 이루어질 때까지 이를 악물고 레일의 간격을 고정시키기 위해 부품들과 침목은 온 힘을 다한다. 서로의 신뢰와 믿음이 있기에 이들이 최선을 다하듯 사람들에게도 관계 유지를 위해 그 무엇이 있어야 한다. 뿐만 아니라 서로 마음 상하는 일이 있다 해도 일정한 거리는 간직해야 한다. 한순간 다투었다 하여 둘 간의 거리를 넓혔다간 영영 되돌아올 수 없으매 꼭 움켜잡고 놓아주질 않는다. 제 자리에서 스스로 곱씹어보고 반성하게 만든다. 그래야 다시 손을 뻗었을 때에 닿을 수 있기 때문이다.

오늘은 조율되지 않는 일로 하루를 소비했다. 상대는 무리한 요구를 하면서 금세 등 돌려 나갈 사람처럼 성화를 부렸다. 그러면서도 오히려 내가 너무 경직되었다고 탓하는 눈치였다. 지금 당장이라도 등을 돌리면 모든 일이 끝이라며 당당해 했다. 지금까지 간직해 온 유대감을 송두리째 벗어던지고 각자의 길을 걷자는 듯이 성급하였다. 굳이 일정한 거리를 유지할 필요가 없다는 듯이 보였다.

우리는 서로 상대의 접근을 막아내고 있었다. 답답한 심정은 쉽게 가라앉지 않았다. 그렇다고 이 심사를 누구에게 펼쳐놓을 처지도 아니었다. 그냥 혼자 가슴에 담고 삭힐 일이었다. 오지 않는 잠을 애써 청하며 지새운 밤이 몇 번이던가. 가슴 쓸어내리며 애를 태운 날이 얼마이던가. 이루지 못하는 잠결에 그의 얼굴이 어른거린다. 그 후 미안하다며 보내온 그의 문자. 흐릿하게 보이던 문자가 점점 또렷하게 보이기 시작했다. 그의 얼굴이 미소를 머금고 선명한 모습으로 바뀌고 있었다. 서운하기만 하던 가슴 한 편이 그리움으로 젖어올 무렵 그가 내게로 다가왔다. 우리의 관계를 받치고 있던 침묵이 믿음으로 레일을 물고 있었다.

그에 대한 서운한 감정 모두 실어 험한 말을 입에 담았더라면 지금쯤 그는 얼마나 멀리 떠나가 있을까. 눈을 비비고 찾아도 보이지 않을 만큼 멀리 갔더라면 다시 그는 내게로 돌아올 수 없었을 것이다. 언제나 우리는 침묵에 물린 레일처럼 가깝게 일정한 거리를 유지하고 있었기에 손을 뻗어 잡을 수 있었던 것이 아닐까.

수수부꾸미

심리학자들의 말처럼 우리 마음엔 한 시간에 이천여 가지나 상념이 떠오르는 것일까요? 왠지 모르게 온갖 생각이 끊이지 않습니다. 기일이 다가온 때문인지 요즘엔 당신 생각이 자주 내 허전한 머릿속을 채우곤 합니다. 여러 자녀가 있었지만, 자녀들 중에서도 당신의 여생을 나와 함께하기를 은근히 원하고 계셨고, 그래서인지 내 아이들에게도 각별한 사랑을 베푸셨습니다.

우리는 재래시장을 자주 가곤 했습니다. 어린 시절 당신의 치마폭을 잡고 따라나선 시장에서 맛보던 음식들과 추억이, 한겨울 아랫목 이불 아래 넣어둔 내복의 온기처럼 자리하고 있습니다. 삶이 버겁게 느껴지고 나의 내면이 위로를 필요로 할 때는 그곳으로 향하곤 합니다.

그곳에선 새벽을 깨우는 소중한 사람들의 숨결과 강한 생명력을 느낄 수 있습니다. 바다에서 갓 건져 올린 생선들을 물차에 싣고 와 진열대 대야 속에 쏟아 붓는 순간, 생선은 허공을 힘차게 뛰어오릅니다. 바다를 향하는 생명력에서부터 좌판 위에 갓 따온 채소들의 풋풋함이 물기를 머금고 있습니다. 지나는 손님들을 불러 세우는 아주머니들의 억척스런 목소리는 내가 안고 있는 복잡한 일들을 하잘것없는 것으로 만듭니다.

집에서 그리 멀지 않은 곳이긴 해도 굳이 이곳으로 올 일은 아니었습니다. 집 주변에 커다란 마트도 두어 개나 있어 좋은 상품에 값도 저렴하련만 으레 재래시장을 고집하고 있는 것이 그리 달가운 일은 아니었습니다.

집에 가끔 들렀을 때, 수수부꾸미를 내놓으시면 '또 재래시장에 다녀오셨구나.' 하고 생각하곤 했습니다. 실은 그 음식이 그다지 맛있다는 생각이 들지는 않았습니다. 그런데 하루는 재래시장을 둘러보다가 당신의 추억을 끄집어내어 펼쳐 놓으셨습니다. 외할머니는 어렵던 시절 가족의 생계를 위해 잠시 시장에서 수수부꾸미를 파셨다는 것을. 그제야 재래시장을 즐겨 찾은 이유를 알 것 같았습니다.

우리의 곁을 영원히 떠나셨지만, 수수부꾸미 집 앞을 지나게 되면 당신은 어느새 내 곁에 와 있습니다. 그리고는 내게 불쑥 그것을 한 조각 내미십니다. 그러면 나는 당신의 생각에 젖어 하루를 그리움 속에서 힘들게 견뎌야 합니다.

나의 발걸음은 시장 모퉁이를 돌아 좁은 골목길로 들어섭니다. 눈에 띄지도 않는 허름한 분식점에 들어갑니다. 이곳은 부담 없이 허한 속을 달래기에 충분합니다. 복장을 신경 쓰거나 굳이 예약할 일도 없습니다. 고작 네 개의 테이블만이 손님 맞을 준비를 하고 있습니다. 그나마 점심시간이라 조금 붐빕니다. 저렴한 가격 때문인지 지난번에 왔을 때에 있었던 이들도 눈에 뜨입니다. 동네 분들인가 봅니다. 그들은 앉으며,

"형님 국시 한 그릇 하러 오셨나 보네요."

라며 반가움에 빈자리를 내어줍니다. 식사를 하고 있다가도 자리를 기웃거리는 사람이 오면 기꺼이 동석합니다. 심지어 점심시간

이라 자리가 없을 것을 예상하면서도 문을 열고 안을 들여다보는 사람들이 있습니다. 낯선 그들에게도 들어와 간이의자에 앉아 기다리기를 권합니다. 그 속에 당신도 있습니다.

그런데 지난달 초 조용하던 시장골목 앞에 이상한 분위기가 감돌기 시작했습니다. 언제부터 사람들의 입맛이 고급화가 되었는지, 프랜차이즈점이 시장 골목 앞에 들어서고 개업을 알리느라 분주했습니다. 내레이션모델들이 확성기 음악소리에 맞춰 현란한 춤을 추고 있었습니다. 그 후 얼마 되지 못하여 수수부꾸미 집은 문을 닫고 어디론가 사라졌습니다.

이제 나는 굳이 그 재래시장에 가지 않습니다. 그리고 수수부꾸미 속의 팥소처럼 그 추억을 고이 품어 가슴에 넣어둡니다. 먼 훗날 나의 아이들과 낯선 재래시장을 돌다가 수수부꾸미를 발견하면 그것을 펼쳐볼 것입니다. 당신에 대한 추억으로 오래오래 간직해 두고만 있다가 말입니다.

시소

약속 시간은 지났다. 기다리는 아이는 연락이 없다. 화선지 위에 스미는 먹물의 기운처럼 하늘엔 먹구름이 몰려와 퍼지기 시작한다. 소낙비라도 내릴 기세다. 초여름을 향해 가는 날씨는 기다림만큼이나 차 안을 데운다. 어쩌면 나를 가둔 생각으로부터 잉태되는 열기인지도 모른다. 차를 세우고 밖으로 나왔다. 아파트 단지 놀이터 안에서 아이들이 기구를 타고 있다. 밀쳐져 있던 유년시절이 빛바랜 필름처럼 피어올라 시소에 앉았다.

놀이 기구 중에 유달리 시소 타기를 두려워했다. 시소는 맞은편 상대와 비슷한 무게로 수평이 되어야 좋다. 상대가 더 무거우면 그가 구르는 힘에 의해 땅에 엉덩방아를 찧기 일쑤다. 짓궂은 아이들은 온 힘을 다해 나를 높이 올리고, 엉덩이를 살짝 들어 땅에 발을 지탱한 채 무게 이동을 했다. 묵직하게 전해져 오는 통증보다도 창피함이 앞서 집으로 얼른 들어왔다. 그런 다음날은 이른 시간에 놀이터로 갔다. 혼자 시소에 앉아 나의 몸무게로 충격을 줄이는 연습을 하곤 했다. 내려오면 올라갈 것을 대비한 발 구름에 온 신경을 곤두세웠던 그런 기분은 어른이 되어서도 가끔 느꼈다.

시간을 자유롭게 활용할 것이라고 시작한 일이 방문교사지만 생각은 여지없이 빗나갔다. 느닷없이 시간을 어기거나 연락도 없이 불참하는 경우가 있어 수업시간은 가변성을 포함하고 있어야 한다. 지금처럼 연락이 없는 경우는 늦을 것을 예상하고 집 근처에서 기다려야 한다.

나름 관리자의 신임도 받고 학생들과도 좋은 관계를 형성하여 갔다. 직장 내 체계와 관리자가 바뀌기 전까진. 직장에선 힘이 세고 무게 균형이 맞지 않는 상사와도 같은 시소를 타야 한다. 상사의 무게나 기분에 의해 생기는 힘에 따라 부하직원은 상승과 추락을 반복한다. 이곳도 예외가 아니었다. 가장 실적이 좋던 그녀가 새로운 원장이 되면서 나의 성과는 사무실 벽 막대그래프 위에서 엉덩방아만 찧게 되었다. 방문교사는 시간표의 가변성만큼이나 수입의 가변성이 심하다. 진도를 빨리 나가야만 문제지 소비가 많아지고 월급봉투는 상대적으로 두터워신다.

그녀의 막대그래프는 쉽게 접근하지 못할 정도로 높이 솟아있었다. 어학은 능동적이고 활달한 성향의 학생들에게 유리하다. 그녀는 다른 선생이 회피하는 민감하고 소극적인 학생들을 내게로 밀어붙였다. 이런 일의 계기가 된 것은 그녀가 관리하던 학생이 너무 소극적이라며 내게 보낸 이후다. 사춘기를 겪고 있던 학생은 엉덩방아를 찧고 집으로 돌아온 지난날의 나를 보는 듯 했다.

수업이 시작되면서 학생은 자신의 무게를 배려하고 있다는 믿음이 생긴 때문인지 제 동생도 등록을 시켰다. 사설학원비에 맞먹는 비싼 학습지를 자매가 하기엔 어려운 형편이라 복습을 위주로 학습지 소비를 줄여 주곤 했다. 이를 안 원장은 실적을 운운하며 다가섰다. 그녀에 의한 기울기는 멀미가 났다.

얼마나 지났을까. 전화기를 점검한다. 아직도 연락이 없다. 그때 저만치서 내가 앉은 시소를 물끄러미 바라보고 있던 아이가 웃었다. 아이에게 손짓을 했다.

"같이 탈 수 없어요."

아이는 이내 돌아선다. 돌아선 아이의 뒷모습에서 지난 날 나의 두려움을 본다. 그 두려움은 언제 사라졌던가. 가족과 친구들이 함께 타면서였지 싶다. 그들은 부족하고 모자라도 같은 방향을 바라보며 한편이 되었고, 수평이 되면 발을 굴러 기울기를 조절해 주었다. 오르락내리락 즐기며 웃음으로 가득 찼던 시절. 그 순수한 동심에서 나는 얼마나 멀어져 왔던가.

비가 내리기 시작한다. 빗방울은 굵어질수록 기울어진 몸을 땅에 의지하고 있는 시소 쪽으로 타고 흐른다. 나의 몸도 젖고 있다.

기울기는 나를 돌아보게 한다. 즐기기보다는 늘 기울기에 긴장하고 내려오면 올라가기를 갈망했다. 한때 시소는 수평이 되어야 탄다고 생각했다. 지금은 세상사가 수평으로만 이루어진다면 다양성에 고개 끄덕일 일도 상대를 이해하려는 배려도 시도하지 않을 것임을 깨닫는다. 시소 위에서처럼 삶의 상대도 내가 원하는 사람만이 될 수는 없다. 돌아가고 더디 가고 기울어지다 우리는 삶을 알게 되는 것이 아닐까.

시소는 내가 앉은 쪽의 무게를 최소화해야 오를 수 있다. 지난날은 발이 구르는 힘에 의해 올랐다면 지금은 욕망과 집착들을 비워냄으로써 오를 수 있다는 지혜를 시소는 내게 말한다. 몸은 비에 젖고 있지만 정신은 더욱 또렷이 맑아진다.

수업이 끝나는 시간이다. 차를 몰고 다음 아이의 집을 향한다. 윈도우 브러시가 비를 닦아낸다. 부지런히 기울기를 만들며 제 몫을 다하고 있다. 삶에는 여러 형태의 기울기가 존재한다. 주어진 자리에서 어떤 기울기에서도 최선을 다하는 것이 우리의 궁극적인 아름다움일지 모른다.

돌체dolce

그녀를 만난 건 지난 해 봄날이었다. 만났다기보다는 보았다고
하는 편이 옳겠다. 음악 강좌에 등록하던 날, 그녀는 수강생 속에
서 유난히 눈에 띄었다. 나이를 가늠하기 힘든 몸매와 피부를 가졌
다. 게다가 차갑게까지 느껴지는 첫인상 때문에 쉽게 다가설 수
없었다. 가끔은 수업에 대해서 제법 길게 말하기도 하지만, 평범한
일상사에 대해서는 일체 끼어들지 않았다.

그녀와 소통하기까지는 많은 시간이 필요했다. 나 역시도 한참
을 지나서야 겨우 그녀와 시선을 마주할 수 있었다. 그녀는 여간하
여서는 빈 구석을 내보이지 않았다. 철저하게 자기 관리를 하고

있었다. 저만치 나타나도 찬 기운이 느껴지곤 했다. 그 찬 기운이 싫어서 추운 겨울날 문을 닫아버리듯 나는 그녀를 가까이 하지 않았다.

처음 그녀가 내게 말을 걸어 왔을 때도 적잖게 당황했다. 나름은 친절하게 다가왔으나, 나는 으레 그렇듯 그녀에게서 한기를 느꼈다. 그것이 나도 모르게 표정에 나타났던가 보다.

"왜 그리 놀라요?"

"아, 네. 아니에요."

그녀는 내 속을 들여다보는 듯이 다가왔다.

"돌체dolce 뜻이 뭐예요?"

이렇게 하여 그녀와의 통로가 열리게 되었어도, 내가 느끼는 차가움은 여전히 남아 있었다. 처음 말을 튼 뒤로 그녀는 자주 접근해 왔지만, 나는 긴장의 끈을 놓지 않았다. 재등록을 하면서 서로에게 조금씩 다가섰고, 또 그것을 알고 있음도 입에 담을 수 있었다.

그러던 그녀와 내가 서로를 의식하지 않고 속마음을 털어 놓게 된 사건이 생겼다. 하루는 굳이 바쁘다며 사양하는 나를 식탁 앞에 옴짝달싹도 못하게 묶어 놓는 사건이 일어났다. 식사나 한 끼 하자

며 제의한 그녀는 예약까지 하고 가자고 했던 것이다. 그러면서
전에 식당의 명함을 받은 적이 있다며 지갑을 열었다. 지갑에서는
사진 한 장이 떨어졌다. 증명사진이었다. 바닥에 떨어진 사진을
주워들며,

"누구세요?"

"어머니."

그녀와는 너무도 달랐다.

"아버지 쪽을 많이 닮았나 봐요?"

나는 그녀의 얼굴에 숨겨져 있는 비밀을 다 알겠다는 뜻을 에둘
러 표현하는 데에 그쳤다.

그녀는 내가 집어준 사진을 먼지나 묻지 않았을까 입으로 호호
불어대고, 손으로 몇 번이나 닦으면서 소중하게 지갑 속에 챙겨
넣었다.

"시어머니야."

"네에?"

친정어머니가 아니고 시어머니 사진이라니 예상 밖의 대답이었
다. 궁금증이 조금씩 일기 시작했다. 너무나 닮지 않아 성형수술을

한 얼굴로 생각했는데, 그게 아니고 시어머니란 말에 나는 당황하지 않을 수 없었다. 결국 그녀의 요구에 순순히 응하며 식탁 앞에 앉았다. 그녀의 지나온 세월이 할머니의 옛날이야기나 되듯 화롯가에 앉은 손녀처럼 하나도 흘리지 않고 듣는 처지가 되었다.

정치인 집안의 외동아들과 결혼했다. 시어른과 시할머니까지 함께 모시고 사는 보수적이고 가부장적인 가문으로 시집가서 겪어야만 했던 시집살이. 그녀는 철저히 그 가문의 새로운 것을 받아들였고, 시할머니 시어머니 병 수발까지 도맡으며 자신의 인내를 담금질하였다. 간병으로 가슴에 응어리졌던 감정들도 마지막 떠나는 순간에, '미안했다.'는 시어머니의 한 마디로 풀리더라. 그 말끝에 손등으로 눈물을 훔치던 그녀. 그리하여 눈물 흘리며 마지막 가시는 시어머니를 손수 단장[殮襲]하여 보내드렸다는 그녀의 서러움.

이야기를 듣는 내내 먹먹함이 마음을 무겁게 했다. 아무리 아쉽다 하더라도 시어머니의 주검을 염습한다는 건 쉬운 일이 아니다. 그러고도 미진해서 여러 해가 지나도록 지갑 속의 사진을 보며 그리움을 달랜다는 그녀. 시어머니 살아 계실 때에 자신을 꾸밀 시간적 여유가 없었지만 이제는 화려하게 살아야 저승에 계신 분이 마음이라도 편할 게 아니냐며 웃는 그녀의 모습은 부드러우면서도 우아하게 보였다.

우리는 보이는 것에 의해 사람이나 사물을 평가한다. 처음 만나는 사람도 몇 초 안에 성격이나 품성을 읽어낸다. 관상학적으로 해박한 지식이 없다 하더라도 각자 살아온 경험으로 상대를 판단한다. 사람들은 마음의 벽을 수 없이 가지고 살아간다. 편견도 그중 하나일 것이다. 착하게 보인다든지, 무섭게 보인다든지 각자의 틀에 넣어서 짐작하고 평가한다. 화려한 얼굴의 여성이라면 더욱 편견을 가지고 바라보게 된다. 얼굴이 강해 보인다든지, 끼가 있어 보인다든지 우리가 촘촘히 짜놓은 의식의 망에 하나씩 대입시키면서 데이터를 뽑아낸다. 이 순간 편견의 방에 갇혀 우리가 보지 못하고 놓치는 것들을 헤아려 본다.

나프탈렌

마땅한 묘안이 떠오르지 않는다. 긍정도 부정도 할 수 없는 상황이다. 복잡한 생각에 오후 시간을 소진하고 해질녘이 되어서야 버스를 탔다.

이미 좌석은 앞서 탄 승객들의 차지였다. 뒤쪽으로 가서 의자의 손잡이를 잡는 순간 격한 냄새가 훅 끼쳐 왔다. 앉아있는 남자에게서 날아 올라온 것이다. 좀약인 나프탈렌이다. 장롱 속에 넣어두면 의류를 좀벌레로부터 보호해 준다. 간혹 변두리 공중화장실에서 볼 수 있는데, 강력한 향으로 방향제의 역할도 한다. 지난 날 옷을 꺼내려 서랍을 열면 곳곳에 박혀 있던 것들이다. 유달리 후각이 예민해 집안 곳곳에 놓아둔 나프탈렌들을 몹시 못마땅해 했다. 직접 닿지 않아도 섬유 올 속 깊이 밴 냄새를 털어내기 어려웠다. 급히 옷을 입고 나가려면 선풍기를 틀어 놓거나, 헝겊을 대고 다리미로 다렸다. 가시지 않는 냄새. 습기 찬 장마철이면 그것은 더욱 강하게 느껴졌다.

그가 입원한 요양병원은 시가지를 벗어나 외곽지대에 있다. 도착했을 땐 어둠이 내린 지 한참이나 되었다. 병원 복도는 고요했다. 간호사는 잠시 자리를 비웠는지 보이지 않았다. 중앙 스테이션 알림판에서 그의 이름을 확인한 후 국경을 넘는 망명자 같은 초조함으로 병실에 들어섰다. 다가서자 그는 일어났고 형광등 아래 얼굴은 유달리 창백해 보였다. 그의 환자복에선 경미한 나프탈렌의 냄새가 느껴지는 것 같았다. 처음 나를 바라보는 그의 시선은 초점 없이 고정되어 있었다. 기억하지 못함이 분명했다. 그도 그럴 것이 본 지가 오래 되었다. 한때 멀리 떨어져 있는 그와의 거리에 서운하기도 했다. 기억은 인정하고 싶지 않은 감정을 억압해 가두어 버리기 때문일까. 우리 사이엔 살가운 감정이나 간직할 만한 추억이 별로 없었다.

얼마간 시간이 지나자, 무료함에서 벗어나기라도 하려는 듯 그는 그간의 얘기들을 쏟아냈다. 조금의 치매 증세는 기억의 세트장을 순서 없이 바뀌게 한다. 간간이 끊어지는 그의 기억이 휘발을 멈춘 나프탈렌처럼 환자복 안에 걸려 있는 듯하다.

잠시 후 간호사가 들어왔다. 면회가 늦다며 관계를 물었다.

"가족 되십니까?"

"저, 그게, 그러니까……."

미리 준비해 둔 대답을 채 못하고 머뭇거리는 사이에,

"아닙니다. 가족은 무슨."

그가 단호하게 대답했다. 늦은 시각이라 환자에게 방해가 된다며 돌아가라는 간호사의 말에 병실을 나올 무렵 그가 손을 내밀었다. 손에서 느껴지는 메마른 온기는 나의 혈관을 타고와 시간을 되돌려 과거를 부르는 음성처럼 들렸다. 그때 그의 동공은 떨리고 있었다.

그는 지난 날 유학생활을 하며 언론사에서 프리랜서로 일을 하기도 했다. 끊임없이 자신을 담금질하며 충실한 삶을 살았다. 그런 그가 자신의 노후를 맡길 작정으로 모든 것을 내어 준 아들을 향한 믿음은 견고했다. 가족 중 그 누구도 끼어들 수 없는 신뢰를 가지고 있었다. 그의 바람과는 달리 아들은, 연이은 사업실패와 손쉬운 돈벌이의 유혹에서 벗어나지 못하고 재산을 탕진했다. 결국엔 그 충격으로 쓰러졌고 다급해진 아들이 지인에게 사정하여 요양병원에 입원시켰다. 이곳이 간신히 들어오게 된 병원이다. 부양할 자식들이 없어야 입원이 가능한 곳이다. 면회를 하고 싶다는 나의 말에, 자식이란 사실을 절대 발설해서는 안 된다며 신신당부하던 오빠의 말이 귓가에 맴돌았다.

병원 밖은 밤의 적요가 스민다. 별은 더욱 가까이 쏟아지고 바다는 호수처럼 정적이 인다. 저 멀리 제 온도가 식어 채도를 잃어가고 있는 별빛이 가까스로 바다에 몸을 누이고 유영한다.

병원을 다녀오고 얼마 지나지 않아 아버지는 자신을 가두던 플라스틱 고리로부터 승화했다. 지난 시간의 회개였을까. 오빠는 아버지를 손수 단장[殮襲]했다. 그런 의식 속에서 자신을 씻어 내리려 했는지 모른다. 염습을 끝내고 입관을 할 때, 오빠는 미리 준비해 온 굵은 나프탈렌 덩어리를 시신 주위에 촘촘하게 놓았다. 창호지를 손바닥 크기의 정사각형으로 오려서, 나프탈렌을 한 덩어리씩 싸서 관 안쪽을 삥 두른 것이다. 마치 영원히 상하지 않고 그 모습대로 있게 하려는 듯.

나프탈렌은 적당한 거리에 두면 세상의 좀으로부터 의류를 지켜 주지만, 때로는 강력한 향으로 사람들의 후각을 마비시켜 악취를 은폐시키는 역할을 하기도 한다. 지난날 아끼던 흰 옷이 서랍장 속에서 나프탈렌에 닿아 누렇게 변색되어 버린 안타까운 일도 있었다. 너무 가까이 있어 나프탈렌에 닿아 옷 위로 번지는 얼룩처럼, 아버지에게 오빠는 자신과 가장 가까이 있는 장롱 속의 옷과 같았던 존재가 아닐까.

때로는 판단의 기준을 떠나 존재만으로 오롯이 받아들여야 하는 관계가 있다. 병실을 나서며 본 아버지의 눈빛이 허허로운 날에 떠오른다. 자신의 몸을 소멸시키는 희생. 나를 가족이라 밝히지 않은 건 나의 몫으로 돌아오게 될 부담을 생각한 마지막 배려였을까. 나는 무엇을 부정하고 인정했는가.

생전에 거리감으로 서운했던 아버지로 인해 나의 삶도 좀으로부터 격리될 수 있었는지 모른다. 혼자 시조를 짓고, 누가 듣거나 말거나 길게 창하시던 당신. 유달리 지적 방황이 심한 내가 문학의 길로 들어서면서 이제야 알게 되는 깨달음. 내가 가진 정서가 아버지에게 닿아 있음을 부정할 수 없다. 세월이 가도 삭지 않을 슬픔 하나가 나프탈렌의 향을 무시로 바람에 실어올 것만 같다.

가리개

스며든다. 언제부터였을까?

싱크대 아래쪽에 깔아둔 카펫에 물이 스며들고 있다. 싱크대 다리 가리개와 맞닿은 마룻바닥 사이로 스민 물이 흘러나오기 시작했다. 안을 들여다볼 요량으로 가리개를 당겼으나 좀체 떨어지지 않는다. 홈 사이에 지렛대 삼아 칼집도 넣어 보지만 쉽지 않다. 이미 젖은 가리개는 속내를 보이려 하지 않고 있는지도 모른다. 세상의 모든 가리개는 인간의 연약하고 부족한 부분을 은폐하고자 하는 욕망에서 비롯된 것이리라. 관습에 안주하고 고여 있는 것은 부패하기 마련이다. 어쩌면 사력을 다해 스며 나오는 물이 가리개를 벗어나려 하는 이유인지도 모른다.

　일상은 끊임없이 순환되는 것인가 보다. 매일 새롭게 음식을 준비하고 그것을 담는 식기들을 설거지한다. 싱크대 속은 회개의 장소다. 제 임무를 다한 그릇들은 자기 정화를 위해 묵은 찌꺼기를 물속에서 씻어내고, 설령 오래 묵어 말라붙은 감정이라 할지라도 조급하지 않게 스스로 떨어져 나가게 한다. 이처럼 사는 일도 감정의 찌꺼기를 흘려보내는 단순한 반복이 계속되고 있을 것이다.

　매일 사용하는 싱크대와 상판 사이에 발라둔 실리콘 위에는 물때가 앉기 마련이다. 청소할 때 소독세제로 말끔히 닦아내지만, 이 과정이 반복되다보면 싱크대와 밀착되어 있던 실리콘도 조금씩 들뜨기 마련이다. 끝부분이 손 가시처럼 일어나기도 한다. 그럴 때면 칼날로 깔끔히 떼어 내었다. 누구라도 그렇듯이 매사 반듯하게 정리된 게 좋았고 작은 흠집에도 무척 신경을 썼다. 여간해서 나의 속내는 겉으로 드러내지 않는다. 그 내면에는 흐트러진 속내를 가리고 싶은 마음이 똬리를 틀고 있을 것이다. 싱크대 속으로 연결된 호스에 감정의 찌꺼기가 흘러가는 것을 가리개로 가려 놓은 것처럼. 하지만 실리콘 아래 들떠있던 홈 사이로 계속 스민 물기가 마룻바닥에 조금씩 고여 마침내 새어나온 것인지도 모른다. 가리개 밖으로 나온 물처럼 내 마음도 새어 나오는 물을 감당하기 어려웠다.

결국은 찾게 된 병원. 진료실 앞 복도에는 이미 접수를 마친 대기자들이 앉아 있다. 오래된 병원의 건물이다. 초겨울 바깥 기온과 차이를 좁히느라 라디에이터는 더운 숨을 내쉬고 있다. 바깥세상과는 달리 복도 안의 공기는 팽창되어 있다. 의자를 차지하고 앉은 대기자들도 복도의 공기를 닮은 듯하다.

그들은 긴장의 끈을 조이며 어색한 시선으로 서로를 곁눈질하며 궁금증을 누르고 있는 듯하다. 정해진 상담시간의 한계가 없기에 언제 자신의 차례가 돌아올지 가늠할 수 없다. 대기의자에 앉은 모녀의 낮은 음역대 목소리만 간간이 느껴질 뿐. 건너편에 있던 육십 대쯤 보이는 남자가 참다못해 일어나 모녀에게 다가가더니 복도의 침묵을 깨뜨린다.

"나는 수면제를 먹어도 잠이 도대체 안 와서 왔는데, 어찌 왔는교?"

"어리다고 마음 힘든 게 없겠는교…."

중학생쯤으로 보이는 딸의 손을 엄마는 꼭 잡아준다. 그들의 대화로 긴장의 끈을 조금씩 푼다. 나와 비슷한 증상의 환자라는 것이 일종의 위안처럼 다가왔기 때문이다. 그즈음 나는 사랑하는 가족을 연이어 잃은 뒤였다. 묵묵히 버틴 가리개처럼 안으로 품었지만 한계에 이르렀다. 이곳에 오기까지는 쉽지 않은 걸음이었다. 외부로 드러나는 상처의 통증이라면 주저함이 없었을 것이다. 억압되어 쌓인 감정들엔 대류가 일어나지 못하고, 순환은 이루어지지 않았다.

진료실 안에서 늘 마주하고 매순간 흘려보냈던 시간들을 돌아본다. 기억에 얽혀 감정을 불러일으키는 또 다른 나를 만난다. 감정은 배설되고 자기 정화를 거칠 때 건강한 자아를 가질 수 있다. 나의 내면과 때로는 논쟁하고 화해하는 과정이 진정한 소통임을 돌아본다. 처방전을 기다리며 다시 복도의자에 앉아 있는데 순간 초겨울 바람이 얼굴에 알싸하게 와 닿는다. 누군가 일어나 바깥으로 난 창문을 연 것이다. 갇혀 있던 공기가 순환되고 있다. 손에 쥐고 있던 대기표 번호가 병원 내 약국 전광판에 켜진다. 집으로 돌아가 다리 가리개를 떼어내기로 생각하니 내 걸음이 빨라지기 시작한다.

　모처럼 현관문을 열어젖힌다. 베란다 문도 열고 바닥에 고여 있던 물을 닦아낸다. 한동안 다리 가리개를 떼어둘 생각이다. 갇혀 있던 생각들도 바람 좋은 날 보송보송한 감촉이 생기도록 햇볕에 건조시켜 볼 참이다. 그간 보이는 것에 얼마나 많은 시간을 소모했는지. 부족하면 부족한 대로 존재함, 그 자체로 순리에 따르는 법을 받아들인다.

사방치기

웅성거리는 소리가 들린다. 그 전까지는 까르르 웃음소리와 박수소리만 들렸다. 무언가 충돌이 있는 듯하다. 다가가 보니 바닥에 분필로 여러 개의 선이 그어져 있다. 순서에 따라 앙감질을 하면서 돌을 차고 나가 왕복하는 게임이다. 사방치기다. 선을 밟지 않고 뛰어 넘는 것이 정해진 규칙이다. 차례였던 아이는 선에 물리지 않았다 고집하고 상대편 아이들은 물렸다 한다. 서로가 옳다고 팽팽히 맞서고 있다. 사방돌의 투박함과 분필선의 흐린 경계, 관건은 여기에 있다. 더러 선에 물린 건지 아닌 건지 애매한 경우도 있다. 언쟁이 오가며 분위기가 심각하더니 차례가 되었던 아이는 물러서기를 한다.

저 분필선의 흐릿한 경계 너머 어설프게 굵고 비뚤룸한 내 유년의 사방치기가 생각난다. 놀이는 하는 동안 충돌이 있기 마련이다. 자신이 보기에는 선에 닿지 않은 것처럼 보이는데 다른 사람이 닿았다고 하면 인정하고 싶지 않다. 유년 시절 나의 돌이 선에 걸리게 되면 나아가려는 욕망은 그것을 너무도 크게 보이게 했고, 집착하게 했다. 그럴 때마다 상대와 의견을 조율해야 했다. 일방적으로 인정할 수밖에 없는 상황이 될 때도 있다. 내 편이면서 모호하게 상대의 편에 서는 자도 있기 때문이다.

가끔은 상대를 인정하지 않는 아이도 있다. 자신의 생각만을 고집하다 결국은 놀이판을 뒤로하고 떠나기도 한다. 일순간 분위기가 싸해진다. 하지만 잠시 후 아무 일 없는 듯 놀이는 계속된다. 혼자 돌아가는 아이를 보고 안타까워했다. 작은 일로 함께 할 수 없음을. 비록 혼자가 될지라도 자신의 주장을 꺾지 않는 것이 놀랍기도 했고, 한편으론 부럽기도 했다.

이렇듯 사는 일도 서로의 선을 건드리지 않아야 한다. 신혼시절 회사 동료의 집알이를 간 적이 있었는데 마치고 나오니 자정이 넘은 시간이 되었다. 술도 깰 겸 드라이브를 하자는 제의에 바다로 향했다. 집으로 돌아오는 길에서 조금만 벗어나면 고개 너머에 바다가 있었다. 바닷가에서 우리는 집알이 친구의 이야기를 하다가 그만 다툼으로 번졌다. 모든 다툼의 원인이 태반은 사소함에서 비롯된다. 그러다 감정의 선을 건드리게 되고 걷잡지 못하는 지점에까지 이르기도 한다. 우리의 대립도 그러했다. 서로의 기싸움에 한없이 깊은 물속으로 자맥질해 들어갔다. 화가 난 그는 아주 오래된 당산나무 아래에 나를 두고 가버렸다.

　야생의 상태다. 어둠 속의 나무는 하늘을 가릴 만큼 크고 음산하게 보였다. 가로등은 없었다. 그날 밤하늘의 별빛은 차갑고 멀게만 느껴졌다. 건너편 민가에서 흘러나오는 불빛만 나의 의식을 잡아주었다. 지금처럼 흔한 휴대폰 시절이 아니었다. 이렇게 결정적인 순간에 택시를 부를 돈도 없었다. 어둠 속에서 가장 견디기 힘든 것은 두려움이었다. 내게는 이 두려움을 쫓아낼 지폐 몇 장도 없었다.

　멀리 자동차 헤드라이트가 고갯마루를 내려오고 있었다. 한밤중에 갑자기 켜진 대형 경기장 불빛처럼 강열하게 비췄다. 불빛은 극도의 긴장감을 일으키게 했다. 상대를 파악하기 위하여 어둠에 다시 몸을 숨겼다. 택시였다. 누군가 차에서 내린다. 시골이라 대절 택시가 산을 넘어온 모양이었다. 승객이 내린 후 떠나려는 운전사에게 다가가 사정 이야기를 했다. 차비는 다음날 주겠다고. 피곤한 기색이 역력함에도 그 기사는 흔쾌히 집 앞에 내려주고 갔다. 차비 값을 생각은 말라며 휑하니 멀어져 갔다. 삶에도 정한 규칙이 있다. 아파트 불빛은 무채색으로 보였지만 그날 밤 사방치기 단면도 위로 다시 갔다. 놀이는 계속 되었다. 내 기억속의 경험이 그것을 가능하게 하였는지도 모른다.

유년시절 집은 매일 선에 물려 있는 돌과 같았다. 부부의 다툼은 각자의 방향으로 나아가려는 대립으로 조율점을 찾지 못하곤 했다.

습기 찬 공기가 집안을 누르는 침묵이 계속되는 분위기에서 어머니는 평소에 애지중지하던 화초를 손질하셨고, 아버지는 좋아하는 책을 읽으며, 각자의 심사를 누그러뜨리는 동안 선을 점차 무디게 조율해 나갔었다.

흔들린다는 건 살아 있다는 의미일 것이다. 한순간의 감정으로 놀이판을 이탈하는 아이처럼 운명 자체를 배척한다면 함께 어우러질 수 없다. 시련이 머물다 간 자리는 성숙한 삶의 의미를 남기고 더 또렷이 목표점을 바라볼 수 있게 하지 않았던가. 어른이 되어갈수록 지난날 흑백논리에서 벗어난다. 답이란 이것일 수도 저것일 수도, 또는 없는 것일 수도 있음을 알아간다.

잊어 버렸던 것일까. 가난한 삶에 부딪히면서도 까르르 골목을 메우던 동심을. 이제는 사방치기에서 올라갔던 구역들을 다시 내려오는 시간이 될 것이다. 돌아올 때는 돌을 손에 쥐고 온다. 앙감질로 내려오다 두 발로 쉬기도 하고 주변을 돌아볼 수도 있다. 내 사랑하는 사람들이 굳이 선에 닿았다고 하면 물러서기도 해주고 상대가 편안한 쪽으로 맞추어 주는 배려도 해주어야 한다. 기쁨도 슬픔도 지나고 나면 삶의 한 풍경이 되듯이, 어둠이 내려 놀이를 마치는 시간이 되면 승자도 패자도 하나가 된다.

관계

전자레인지의 기능은 음식을 데우는 데 있다. 또한 녹이는 일도 한다. 데우는 일도 녹이는 일도 알고 보면 음식물에서 차가움을 없애는 일이다. 애초의 온기를 되찾아 준다. 그렇다고 언제든 원할 때 음식을 넣고 버튼만 누르면 되는 것은 아니다. 수분이 없는 것은 데울 수 없다. 그것이 품고 있는 수분으로부터 데워지기 때문이다.

수분은 자신이 가진 사랑이란 본성에서 비롯된다. 가끔 눈에 감지되는 현상만으론 판단하기 어려울 때가 있다. 김이 나는 것을 보고 어림짐작으로 성급히 꺼냈다간 표면의 차가움에 놀라기도 한다. 충분한 시간을 두고 데울 일이다. 이렇듯 모든 관계는 적당한 시간을 필요로 한다. 감정의 동심원을 그리며 시간 속에 투영될 때까지. 묵은 감정들이 켜켜이 쌓여 있다면 온기를 찾기까지는 더 많은 기다림을 필요로 한다. 서로 신뢰를 쌓는 건 작은 것에서 비롯되고, 깊어간다는 건 시간에 비례한다는 생각을 가지게 된다.

그녀와의 관계에서도 그랬다. 우린 오래 전 문화강좌에서 만났다. 우연히도 같은 일에 종사하고 있어 서로 공감대가 형성될 수 있는 사이였다. 하지만 종강 후 내 기억 속엔 잊힌 사람이었다. 얼마 전 우리 아파트 주차장에서 마주치기 전까지는 까마득히 잊고 있었다. 다시 만났을 때 그녀는 정확히 나를 기억하고 있었다. 아주 호의적이고 적극적이었다. 집에서 학생들을 가르치니 시간이 전보다 여유로운 편이라 했다.

그 이후 선약도 없이 그녀는 초인종을 누르고 방문하곤 한다. 느닷없이 방문하여 자신의 대인관계를 털어 놓는다. 사람들과의 사소한 처신문제, 친구들과 식사비를 계산하는 과정에서의 문제. 마치 애써 참아왔던 발설의 욕구를 충족하는 사람처럼 상처받고 이해받지 못한 경험에 대해 털어놓는다. 일방적인 그녀의 이야기가 길어질수록 나는 그 속으로 빠져들지 못하고 오히려 생각은 틀

속에 갇힌 나의 내부로 향한다.

  일상적으로 살아오던 나의 방식과 너무도 다른 그녀가 당혹스러웠다. 보수적인 부모님의 영향으로 나는 남의 집을 갈 때에는 미리 연락을 하고 화장실도 되도록 사용하지 않는 것이 몸에 밴 습관이다. 한 아파트 같은 통로에 살고 있어서 내부구조에 익숙한 그녀는 제 집처럼 자연스레 행동했지만, 내 마음은 너그럽지 못했다. 서로 다름과 정서의 차이라며 스스로 안으로 삭이고 있을 무렵 그녀의 초대를 받았다.

  약속시간보다 조금 늦게 도착하여 보니, 나름 정성을 다한 모습이 엿보인다. 그녀는 미리 준비해 둔 음식이 식었다며 전자레인지에 넣었다. 데워서 식탁 위에 내려놓은 음식에서는 김이 모락모락 피어오르고 있었다. 시장기가 있어 한입 넣는 순간 고루 데워지지 않은 것을 알았다. 충분한 시간을 기다리지 못하고 성급히 꺼내온 탓이리라.

  덜 데워진 음식을 내색하지 못하고 입안에서 굴리다보니 영락없는 나였다. 거침없이 다가서는 그녀의 행동에 한 마디 내색도 못하고 인내하는 내 모습이 여기에도 있었다. 그리고 그녀와 나의 관계도 서로를 이해할 수 있는 충분한 시간을 갖지 못해 제대로 데워지지 않은 음식처럼 여겨졌다. 그녀에 의해 수시로 전자레인지 안에서 돌아가는 우리 관계도 성숙을 위한 시간의 배려가 있어야 한다는 생각이 고개를 들기 시작했다.

사람간의 관계는 시간을 두고 익어가는 것이지 내가 원한다거나 누군가의 일방적인 감정으로 갑자기 데워지는 건 아니다. 감정의 부피에 맞는 시간과 지속적인 관심으로 수분도 데워지게 되는 것이리라. 때로는 데워진 음식도 꺼내는 걸 잊어버리는 실수를 하게 한다. 마음의 문을 열고 보면 언제 그 자리에 있었나 싶기도 하고, 새삼스럽기까지 하다. 나도 누군가를 이렇게 뜨겁게 데웠다 식게 하지는 않았을까? 그 속에서 식어버린 것에 대하여 늦은 자책을 해본다.

"조금만 더 고루 데우면 훨씬 맛있겠는데."

그냥 넘어갈까 하다가 조심스럽게 말을 꺼냈다. 그녀는 다시 타이머를 맞추고 전자레인지 앞에서 기다리고 섰다. 음식은 충분히 데워질 것이다. 표면이 조금 건조해질 수도 있다. 있는 그대로의 자신을 표현하고 누군가를 쉽게 받아들인다는 건 자신을 편하게 하는 길이지만 상대에게는 부담을 주는 벽이 될 수도 있다. 그러나 형식과 절차 오히려 그것이 사람 사이에 벽을 만들고 상대에게 가는 시간을 더디게 할 수도 있다는 것을 생각해 본다. 다시 데우려고 한 그녀의 생각 편에 선다. 복잡하게 재어보고 틀에 가둔 나의 문을 열어 상대를 이해하려 해본다.

사람의 관계란 정해진 자리 사이의 물리적 거리가 아니라 감성으로 만들어 가는, 보이지 않는 궤적이라는 생각이 든다.

세탁소에서

　생각만 하고 미루던 곳에 왔다. 정들었던 곳도 이사한 후로는 다시 오기가 그리 쉽지 않았다. 마을 입구에 있는 세탁소 간판은 여전하다. 하얀 바탕에 검정 색으로 쓴 그 간판은 복잡하던 머릿속을 단순화시키며 지난 시간들 속으로 나를 끌고 들어갔다.

　아마 긴 장마가 끝난 날이었지 싶다. 이 동네로 이사 온 날이. 다급히 살 집이 필요했다. 입맛에 맞게 입지 조건을 따질 처지가 아니었다. 여러 가지 이유로 떨어져 있던 우리 가족은 다시 합치기로 결정했고 아이들의 새 학기가 바로 코앞에 있었기 때문이다. 신문 모퉁이에 난 광고를 보고 얻은 임대 아파트는 메인 도로에 있는 주택가 언덕배기에 위치해 있었다. 낮엔 뒷산에서 가끔 꿩이나 청설모를 볼 수 있었고 밤이 되면 시골 같이 적막했다. 유흥점도 없고 유명한 사립학교가 있어 사람들이 살아가는 격차가 많았다. 계층 간의 분리가 확연히 이루어지고 있었다. 그러나 이 동네 사람들이 유일하게 모두 이용하는 세탁소가 있었다. 그곳에선 계급이나 계층 같은 건 없으며, 주인은 수선 분야에서 장인이라 소문이 나 있다는 걸 이웃의 귀띔으로 알게 되었다.

모임이 있는 날이었다. 미루고 있던 바짓단 수선을 위해 말로만 듣던 세탁소를 급히 찾았다. 세탁소 안의 풍경은 여느 집과 다를 바 없다. 수북이 재인 옷들이 일감을 짐작케 했다. 한켠에는 실을 물고 있는 재봉틀이 손길에 닳아 반질거리며 지난 시간을 대변해 주는 것 같다. 그때 심하게 뿜어져 나오던 다리미의 김이 가라앉자 벽면에 붙은 그림이 눈에 띄었다. 중앙에 선 아이의 키는 매우 컸고 양손을 잡고 있는 부모인 듯한 사람들의 키는 작았다. 맨 위에 쓰인 글씨가 한눈에 들어왔다. '아빠 엄마를 사랑하고 무엇보다 자랑스럽게 생각한다.'는 내용이었다. 그림의 선은 굵고 힘이 있으며 밝은 색조다. 많은 사랑을 받고 있는 안정된 아이임을 느끼게 했다.

세탁소 풍경을 이리저리 둘러보고 있는 동안 그는 내가 맡긴 바짓단을 뜯었다. 뜯고 보니 안팎은 달랐다. 바느질된 틈새로 삶의 보풀과 먼지가 들어앉아 있다. 그 위로 나의 모습이 교차된다. 습한 날들에 나의 다림질은 미숙했다. 펴지지 않는 주름을 펴기 위해 한계를 모르고 올리던 다리미의 온도에 번들거리는 자국을 남기기도 하고, 급기야 눌어붙어 되돌릴 수 없는 삶의 다림질도 있었다.

그저 주름만 펴기 위해 급급했던 지난 시간이다. 깨끗하게 차려입은 옷에 작은 실오라기 하나라도 붙으면 바로 떼어 내었다. 단속에 든 먼지를 생각해 본 적은 없었다. 내 속의 허물과 부족함을 이리도 몰랐단 말인가. 그는 솔기 속에 든 내 삶의 편린까지 털어내려는 듯 말끔히 솔로 빗어 내렸고, 능숙한 솜씨로 바느질을 끝낸 옷을 허공에 한번 털었다. 그 위로 엄청난 세기의 스팀을 내뿜는 다리미가 지나가자 처음처럼 바짓단이 잡혔다. 수선된 바지의 주름도 반듯하게 잡아 자존심까지 세워주었다.

세탁소 주인은 세탁물로 옷 주인의 삶을 짐작한다. 찌든 때와 얼룩만 제거하는 게 아니다. 터져버린 솔기 사이로 흘러든 주인의 삶을 들여다보기도 한다. 하지만 내색하며 흉보거나 탓하는 예는 없다. 당연한 일로 받아들이고 몇 번씩 박음질을 한다. 옷감의 본질을 알고 다가서는 그의 다리미 앞에선 이내 몸을 누이는 천들. 일상에서 구겨져 부끄러웠던 부분도 말끔히 펴진다.

　새로 산 옷처럼 폼 나는 인생도 있지만 세월의 흐름은 어느 것도 비껴가지 못한다. 옷의 크기가 줄기도 하고 늘기도 하고 빛깔은 바래기도 한다. 누군가의 처진 어깨에 이른바 뽕을 포개 넣기도 하고 주름을 펴면서 그들의 상처를 어루만지는 부부의 마음이 그곳에 녹아 있는 듯하다. 수선된 바지를 건네받으며 아이의 그림을 다시 바라보자 부부는 마주보고 웃는다. 그들의 장애를 닮지 않고 아이가 정상적으로 자라주는 것이 세상 무엇과도 바꿀 수 없는 축복이라며 환한 미소를 짓는다. 그가 수선의 장인으로 소문이 난 건 아마도 삶의 비밀을 알기 때문인지도 모른다.

　개발에 밀려 한적하던 이곳도 신도시처럼 낯선 건물들이 들어섰다. 내 삶의 여정에서 유난히 힘든 일들이 많았던 곳. 전과 다름없이 세탁소가 문을 열고 있어 여간 반가운 일이 아니다. 축복은 낮은 곳에 산재하고 허리를 굽혀 줍고자 하는 사람의 몫인가 보다. 마음을 다스리며 걷던 그 산책길을 따라 걷고 있다. 따뜻한 오후의 햇살이 세탁소 지붕 위에서 더욱 반짝인다.

배추꼬랑이

하루의 허물을 모두 가려줄 것 같은 어둠이 내린다. 어둠이 고요를 부르면 거리의 소리는 더욱 다가온다. 귀를 골목 어귀에 걸어놓고 익숙한 발자국을 기다리는 시간. 섣달 찬바람의 한기는 밖에서 들어오는 것이 아니라 안에서 배어나오는 것인지도 모른다.

속이 따뜻해지면 허기가 달래지려나? 이렇게 추운 날은 얼큰한 국물이 그립다. 귀가할 가족을 위해 끓이고 있는 찌개 냄새들이 담을 넘어 온다. 그 중에서도 김치찌개가 단연 으뜸이다. 서민적이고 식욕을 돋운다. 음식은 기억으로 먹는다 했던가. 생각나는 음식을 먹고 갖는 포만감은 정신적인 충족감마저도 들게 한다. 어머니의 손맛과 같은 추억이 있는 음식을 먹을 때는 시공간을 넘어 그때의 기억 속으로 돌아가게 된다. 시간의 맛인가 흉내를 내어 보려 하지만 그 맛을 내기가 쉽지 않다.

사서 먹는 김치에 길들여진 입맛을 뒤로하고 직접 담가 볼 요량으로 배추를 사왔다. 살이 통통 오른 배추를 두 쪽으로 갈랐다. 삶의 옹이 때문인지 이파리 부분에서는 쉽게 칼이 들어가지만 밑 꼭다리와 배추 줄기 사이에는 손목에 몸무게를 실어야 하는 요령이 필요하다. 반으로 나누어진 배추는 가지런히 노란 속살을 드러낸다. 새벽의 기운을 머금었다. 몇 날을 품고 품은 이슬이라도 또르르 굴려낼 기세다. 배춧잎을 들어 사이사이에 소금을 뿌려둔다. 적당한 시간이 지났는데도 간기가 약한 탓인지 아직 뻣뻣한 부분도 있다.

덜 절여진 곳에 소금을 얹으려는데 피식 웃음이 일어난다. 지난 날 나를 보는 듯하다. 유연하지 못하고 곧추세우기만 했던 나. 푸른 잎이 구부러진 방향을 보고 바람의 길을 알아낸 적이 있었던가? 새삼 햇살의 방향을 가늠해 보며 세상의 이치를 헤아려 본 적은 몇 번이나 있었을까.

한 잎씩 이파리를 들어 올려 다시 소금을 친다. 그릇 속에 배추
는 조금씩 숨을 죽이고 내려앉기 시작한다. 나긋하게 절여지고도
꼭다리 부분은 배추속의 심줄을 놓지 않는다. 잘 구부려져야 잘
절여진 것이다. 뙤약볕과 강풍에 시달려 그 유연함의 지혜를 아는
걸까. 소금에 기죽어 가는 배추를 바라보니 지난 시간이 떠오른다.

오늘처럼 칼바람이 불던 날, 살얼음이 뜬 장독 안에서 김치를
꺼내오시던 어머니의 붉은 손이 생각난다. 얼음 속에서도 가지런
히 배추 잎을 잡고 있던 꼭다리. 유년시절 밥상에는 김치를 썰고
난 후 남은 꼭다리도 잘게 썰려 종지에 담겨 올라왔다. 그럴 때면
슬그머니 종지를 밀쳐놓곤 했다. 아들 많은 집에 막내딸인 나는
늘 어린 아이였고 작은 자극에도 어머니의 치마폭에 숨기 일쑤였
다.

가세가 기울자 집엔 사람들의 발길이 끊어지고 정상에서 바닥으
로 추락하는 멀미를 앓으며 어머니는 힘든 일도 마다하지 않았다.
간혹 몸이 좋지 않으면 물에 말은 밥에다 잘게 썬 꼭다리를 드시곤
했다. 그러나 나는 꼭다리를 입에 대어본 적은 없다. 어쩌면 그런
힘든 삶이 싫어서였는지도 모른다. 때가 되고 세상으로 나갈 즈음

어머니는 세상의 소금기에 길들여지는 고통을 참아내며 배추꼬랑이의 알싸한 맛도 알아야 한다고 하셨다. 뿌리의 강인함을 기억하라는 뜻을 숨겨 두었으리라.

어머니의 치마폭에서 나온 세상은 달랐다. 모든 일을 혼자 처리해야 했고 그에 따른 책임도 짊어져야 했다. 점점 높아지는 삶의 고도는 숨통이 끊어질 정도로 속을 헤집어 놓을 때도 있었다. 그런 날 어머니는 모아둔 꼭다리를 한 움큼 넣어 김치찌개를 끓여 주셨다. 그럴 때면 숟가락으로 찌개 속의 꼭다리를 이리저리 지청구하며 먹었다. 극과 극은 상통해서일까? 쓰린 속을 매운 김치찌개가 신기하게도 달래 주었다. 그땐 몰랐다. 언 땅에서도 봄의 기운을 빨아들여 자신의 생명줄로 가족을 일구던 어머니의 삶을. 이제야 김치찌개의 맛은 꼭다리에서 더욱 깊어진다는 걸 알게 되었다. 몸이 좋지 않거나 사는 일에 지치면 그 맛이 생각난다.

한때는 세상의 모든 것이 바깥에 있는 줄 알았다. 모두 내 안에서 비롯됨을 얼마나 돌아와서 나는 알게 되었는가. 인고의 시간을 견뎌내며 세월에 거칠어지고 퇴색되어 뿌리가 잘리어도 밑동에 남아 있는 꼭다리. 세상의 공기가 들어와 김치에 군내가 나고 하얗게 골마지가 생겨 물러지더라도 잎들을 붙잡고 있다. 이것에서 어머니의 삶을 읽는다. 마지막까지 놓지 않는 꼬랑이의 모습에 머리가 절로 숙여진다.

율栗

　새해 아침, 오솔길을 걷는다. 깨달음을 얻기도 하고 쉼을 얻기도 한 길이다. 풍경소리 단아한 산사를 찾아 가고 있다. 부모님을 모셔놓은 곳이다. 입구에서 산문 앞까지는 오래된 소나무가 줄지어 서 있고 고운 흙길이 펼쳐져 있다. 아직도 이 길을 오르면 도란도란 나눈 가족들의 이야기가 남아 있어 정겹다. 대부분 사찰이 입구에서 대웅전까지는 거리가 있다. 가는 동안 속세의 복잡한 생각을 비우고 오라는 의미인지도 모른다. 염원을 담아 소망을 올리던 돌탑들이 그대로 서 있다. 돌멩이 하나 올려 본다. 세상 만물에도 의미를 부여하면 그것이 인연의 시작이 아닐까 싶다.

처음으로 맞는 기일이지만 명절 끝에 걸음을 했다. 출가외인이라 했던가, 친정의 일은 언제나 집안 행사의 후순위가 된다. 정성스레 제사음식을 준비하는 과정부터 마음이 시작되는데, 여기에 고인을 모신 사람들은 대부분 집에서 제사를 지낼 처지가 못 되는 이들이다. 합동으로 제를 지내되 개별 위패를 올리면 차례대로 나가 예를 갖춘다.

염불을 마친 스님이 올해 밤나무 제기를 시주 받았다고 아주 흐뭇해하며 이 이야기를 이어간다. 대부분 식물들은 종자에서 싹을 틔워 껍질을 밀고 올라온다. 이와 달리 밤나무는 땅속에 씨밤(생밤)인 채로 달려 있다가 밤의 열매가 열리고 난 후 씨밤이 썩는다. 10년 또는 100년 이상 껍질이 달려있다고 한다. 이러한 까닭에 밤나무는 자신의 근본을 잊지 말라는 것과 조상과의 영원한 연결을 상징한다. 가묘에서 종묘에 이르기까지 사당에 세우는 위패를 만드는 데는 반드시 밤나무를 쓴다고 한다.

스님의 설법을 듣고 있자니 오래 전 읽은 책의 한 대목이 떠오른다. 옛날 춘추시대 노나라에서 있은 일이다. 당시 밤나무는 도읍지 제단에 심어서 국가의 신목으로 삼는 나무였다. 공자의 제자 중에서 논변이 가장 뛰어나고 자기주장이 강한 인물이 재아였는데, 왕이 그에게 제단에 밤나무를 심는 까닭을 물었다. 재아가 답하기를

"그 까닭은 백성들로 하여금 두려움을 가지게 하기 위해서입니다."

라고 하였다. 밤나무를 뜻하는 '율栗' 자는 두렵다는 '율慄' 자와 음이 같으므로 같은 뜻으로 쓰인다. 고대에 형을 집행할 때 신목 아래서 행하였기 때문에 재아는 백성들에게 겁을 주기 위해 신목으로 밤나무를 심었다고 이치에 맞지 않는 말을 그럴 듯하게 끌어다 붙였다. 후일 이를 전해들은 공자는 그 지역에서 밤나무가 많이 나기 때문이라고 제자들에게 간명하게 가르쳐 주었다. 논어의 한 대목이다.

생각하면 밤나무에 대한 세 사람의 말은 다 일리가 있다. 나무의 생리를 통해서 근본을 생각하게 하려는 스님의 교훈적 해석이나, 공적인 일에는 두려워하고 조심해야 한다는 재아의 설명이나, 현학을 경계하고 평이함을 강조한 공자의 가르침은 모두 되새겨 볼 만하다.

위패를 밤나무로 만드는 까닭이 재아의 말처럼 사람들을 두려워

하도록 하기 위해서였는지는 알 수 없다. 다만 모든 나무는 저마다의 성질을 가지는데, 그것은 생명이라는 본질을 구현하는 생태일 뿐 사람의 입장에서 견강부회할 일은 아닌 듯하다. 지난 날 서민들의 생활에 비싼 밤나무 제기를 구입하기는 어려웠다. 대신 목질이 연한 버드나무와 미루나무를 쓰기도 했다. 우리가 낮은 곳을 구르는 돌멩이 하나 얹어 염원을 드러내듯이, 조상을 모시는 일에 버드나무면 어떻고 사기그릇이면 어떻겠는가. 성심을 다하는 것에 따라야 하지 않을까 싶다.

산문을 나서니 예사롭게 보이던 숲이 훨씬 정감 있게 다가왔다. 이전엔 수령이 오래된 소나무의 멋진 모습에만 눈길이 갔었다. 자세히 보니 여러 종류의 나무들이 제각기 얼굴을 내밀었다. 드문드문 서 있는 밤나무도 새삼 눈에 들어온다. 무엇이든 자세히 들여다봐야 참 모습을 알 수 있는 이치인가. 눈길 주지 않는 무심함에도 의연히 제 몫을 다하며 자리를 지키는 사람들을 생각하며 산을 내려왔다.

여러 날 비워둔 집에 돌아오면 일거리가 먼저 눈에 띈다. 냉장고속을 정리하다 보니 지난 가을에 넣어둔 밤이 나온다. 오랫동안

방치하고 있던 밤알에 여린 싹이 나있다. 딱딱한 껍질을 뚫고 막 시작된 생명이다. 한 해가 시작되는 정초에 새 생명에게 칼날을 댈 수는 없다. 화분 한켠에 심으며 새해의 바람도 함께 심어 본다.

chapter 03
——
성에의 저편

삶이란 순환이다. 반복이다.

그러나 매일 같은 일을 하면서도 지치지 않는 것은

그들의 희망에 비례하기 때문이다.

새벽을 가르며 들어오던 어선의 궤적에서

어촌의 삶을 돌아보고자 한 나의 생각은 부질없는 것이었다.

그들의 궤적은 그들의 삶 속에 존재한다는 걸 깨닫는다.

격랑을 지나 삶을 낚았고 타협할 줄 알며

생사의 갈림길에서도 감사하고

삶을 향해 나아가는 사람들. 그들이 절망하지 않는 것은

곧 다가올 심해의 고요를 알기 때문인지도 모른다.

－본문 중에서

까꼬막

세상의 모든 허식을 뺀 영혼의 색이 있다면 무채색일까. 아미동 까꼬막 410번지. 평생 인간을 소재로 한 다큐멘터리 사진작가 고 최민식의 갤러리가 있다. 그의 소박함만큼이나 작은 공간이다. 전시장에 발을 들여놓는 순간 어느새 나는 그의 카메라 속 피사체를 향해 걷기 시작한다.

그의 사진에는 특별한 기교가 없다. 육십년대부터 우리의 시대상을 그린 사진들이다. 역경을 딛고 악착같이 살아가는 서민들의 모습. 가난을 찍었으나 가난은 보이지 않는다. 사람이 보인다. 삶을 향해 타오르는 작은 촛불과 같은 희망이 보인다. 가진 게 없어 잃어버릴 게 없는 사람들. 차라리 그들은 희망을 향해 가벼운 웃음 지을 수 있는 사람들이다. 그 자신이 절실히 가난을 느끼지 않았다면 가난의 실체를 담을 수 있었을까. 그들을 알림으로써 인간의 존엄성을 느끼게 한다. 유명한 사진들 중에서 마음을 끄는 사진 한 점. 높은 언덕을 오르다 지쳐 계단에서 잠이 든 아이. 애타게 찾는 것이 계단의 끝에 있을까. 아이는 우리의 모습일지도 모른다. 몇 계단을 오르지도 못한 채 잠든 아이 너머 우리 삶의 계단이 저기 있다. 나는 어디쯤 오르다 턱까지 찬 숨고르기를 하고 있을까.

　헝가리 출신 전쟁 종군기자 로버트 카파는 "만약 당신의 사진이 만족스럽지 않다면 그것은 당신이 대상에 충분히 가까이 가지 않았기 때문이다."라고 말했다. 이 충고를 여실히 증명이라도 하듯 그는 진실한 인간의 군상에 다가서 있는 것을 볼 수 있다. 가난과 불평등 그리고 소외의 현장을 담은 그의 사진은 '배부른 자의 장식적 소유물이 되는 것을 단호하게 거부한다던 그의 말처럼 진실로 낮은 자들과 함께 숨결을 나누고 있다. 뭔가를 남기고 싶은 욕망을 대변하는 것이 사진이다. 시간이 지나고 되돌아보는 자료가 된다. 그곳에 가면 피사체와 한 몸이 된 그를 만날 수 있다.

여행의 의미를 쉼에 두는 건 새롭고 설레는 기쁨을 찾기 위해서다. 우리 눈이 세상의 겉모습을 향해 있다면 눈에 보이지 않는 것을 놓치기 쉽다. 역사의 민낯을 보아야만 현재를 볼 수 있지 않을까. 내 고향이면서도 그 이면을 알지 못했다. 벅찬 감정들을 쓸어내리고 발길을 비석마을로 향한다.

아미동 까꼬막 19번지. 멀리 부산항까지 내려다보이는 탁 트인 전망대. 고지대에 다닥다닥 붙은 작은 집들과 골목, 산동네다. 자세히 보지 않으면 지나쳐 버릴 작은 삶의 흔적들. 남의 집 옥상이 내 집 마당이 되고, 또는 길이 되는 곳. 채도를 가진 지붕의 페인트 위로 아픈 역사가 묻어난다.

삶과 죽음이 양분이 되어 있는 듯 하지만 서로 가까이 있기도 하다. 죽은 자와 산 자의 마을이 다른 점은 무엇일까? 우리 삶이 결국은 죽음을 향해 가고 있는데. 생사가 같이 가는 것을 극명하게 보여 주는 곳이다. 한 사람도 겨우 지나다닐 만한 좁은 골목이 미로처럼 얽혀있다. 길과 길 사이의 틈이다. 또한 지름길이기도 하다. 시간과 사람의 이야기가 담겨있다.

한국 전쟁 때 부산까지 내려온 피란민들. 갈 곳을 잃은 그들은 나라에서 적어 준 '아미동 산 19번지'라고 적힌 종이 한 장과 천막 하나 들고 이 산꼭대기에 거처를 잡았다. 이곳은 광복으로 서둘러 돌아간 일본인들이 미처 수습해 가지 못한 묘지들이 그대로 방치 되어 있었다. 일본인들의 공동묘지였던 이곳에서 집 지을 재료가 없는 피난민들에게 그들의 비석이 더없는 건축자재가 되었다. 그 위에 나무판과 판자들, 널빤지를 덧대어 집을 만들어 삶의 터전으 로 삼았다. 죽음의 공간이 이렇게 산 사람의 공간이 되었다.

지난날 소리들이 떠오른다. 이른 아침 외치는 양동이 속 재첩 뽀글거리는 소리, 뎅그렁 두부장수 종소리, 간밤에 오줌 싼 오빠가 머리에 키를 쓰고 소금을 얻으러가며 투덜거리는 소리. 갓 지은 밥을 식구 수대로 쌓아가며 도시락을 싸던 어머니. 다른 집과 연결 된 옥상에서 바라보면 우리의 삶이 그대로 노출되어 있다. 낮은 자들의 높은 곳. 소외받은 자들의 낮은 자리. 아래 동네가 훤히 내다보이는 양지바른 길가에 앉은 할머니들을 앵글에 담으려 하 자, 셔터를 누르기도 전에 알아차리고 얼굴을 돌리신다. 관광객들 로 인해 사생활 피해도 적지 않으리라 짐작은 간다. 하는 수 없이 그저 실루엣만 조금 잡았다. 잠시 후 경직된 할머니의 경계심도

풀리고 내뿜는 긴 담배연기 속에서 지난 이야기들이 쏟아져 나온다.

　오랜 항해를 끝내고 어느 사구에 몸을 누인 폐선 같은 이 언덕배기. 저 허름한 슬레이트 지붕 아래 창밖으로 그들의 소리가 들리는 듯하다. 웃음소리다. 우리 삶이 지난 시간의 아픔을 페인트로 덧칠해 두고 세상을 바라보지는 않는지 생각해본다. 벗겨진 페인트 틈 사이로 역사의 민낯을 본다. 지난 날 우리들의 아픔이 엿보이는 듯하다. 골목 한켠 시멘트 벽 틈새를 뚫고 국화가 피었다. 선연한 주황색 빛깔에 절로 고개가 숙여진다.

　까꼬막을 되돌아 내려오는 길에 다시 사진갤러리를 지나쳐 왔다. '찰칵' 셔터 음의 환청이 들리는 듯하다. 거리엔 어둠이 내리기 시작한다. 아미동 까꼬막에서 내려다본다. 산 자들의 불빛이 화려하다. 사진 속 인물들의 꿈이 저렇게 피어났을까.

궤적을 찾다

새벽 항구로 나왔다. 밤새 어둠을 밝히던 별빛도 졸린 눈을 감는 시각. 등대의 불빛을 향해 회항하는 배가 긴 궤적을 남기며 항구로 들어선다. 아침의 기운에 창백해져가던 하현달이 그들을 반긴다. 만선인가 보다. 끼룩끼룩 소리를 내며 갈매기 떼가 따라온다. 지난 밤이 얼마나 치열했는지 항구의 비린내가 간기에 절은 어부들의 땀 냄새를 갯바람 속에 실어온다.

배가 들어온 선착장은 금세 북적이기 시작한다. 펄떡이는 생명들이 쏟아진다. 만선을 기원하고 무사귀환하기를 기도하던 아낙들의 손길도 바빠진다. 먼 나라의 말처럼 알 수 없는 언어로 경매가 이루어지면 고기들은 주인을 만나 떠난다.

그제야 배들은 숨고르기를 한다. 갑판 청소도 하고 어망들을 정리한다. 이때 상처가 있는 생선들은 덤으로 얻는 어부들의 안주감이다. 하루의 일과를 마감하며 그들의 젖은 몸은 따끈한 국물과 소주 한 잔에 위안을 받는다. 아스팔트 위에건, 물 위에건 사는 일은 참으로 녹록치 않다. 잠시 항구에는 고요가 깃든다.

어촌에 남은 궤적을 더 찾아보려 방파제 쪽으로 발길을 옮긴다. 출항 준비를 위해 어부들은 몸을 누인 어망들을 손질하고 있다. 생을 향한 고기들의 필사적인 몸부림 때문이었을까. 어망들은 군데군데 상처를 입었다. 바람이 남기고 간 바다의 이야기가 구멍 난 어망 사이로 숭숭 오간다. 그 곁을 지키는 어부의 손. 거칠다. 지난 세월이 손끝에 고스란히 녹아 있다. 그의 손이 바빠지고 있다. 대나무 바늘귀를 따라 순식간에 구멍 난 어망은 기워지기 시작한다. 저곳에 누군가의 상처도 기워지고 있지는 않을까. 양해를 구하고 셔터를 누른다. 새삼 손질이 끝난 어망을 밟기가 조심스럽다.

등대 쪽으로 더 다가서니 어망을 고정시키던 닻들이 놓여있다.

몸에는 부스럼이 전신에 퍼져있어 햇볕에 몸을 말린다. 바다의 심저에 뿌리를 내리고 어망들이 흔들리면서 알 수 없는 곳으로 떠내려 갈 때마다, 엄청난 수압을 이겨내며 잡고 있지 않았던가. 그것에서 어머니의 모습을 본다. 온 몸을 조여 왔을 수압이 내게 왈칵 달려든다.

오후가 되자 바닷물이 빠지기 시작한다. 저편 그늘컨에 바다의 해조음을 듣는 아낙들이 앉아 있다. 그들의 머리 수건이 유월의 볕을 다 막아내진 못하는가 보다. 볕에 그을린 건강한 미소가 아름답다. 그들은 기다림을 안다. 바다가 자신의 속살을 보여주는 썰물 때를 기다린다. 도시로 떠난 자식들을 생각하며 갯벌로 향하는 발걸음이 고단한 걸음만은 아닌 듯하다. 그들이 희망의 종패를 갯벌에 심어 두었기 때문일 것이다. 내가 심어둔 것은 무엇이었을까. 저곳에서 내 지난 날 시행착오와 아집들이 갯벌처럼 질척인다.

삶이란 순환이다. 반복이다. 그러나 매일 같은 일을 하면서도 지치지 않는 것은 일이 그들의 희망에 비례하기 때문이다. 새벽을 가르며 들어오던 어선의 궤적에서 어촌의 삶을 돌아보고자 한 나의 생각은 부질없는 것이었다. 그들의 궤적은 그들의 삶 속에 존재

한다는 걸 깨닫는다. 격랑을 지나 삶을 낚았고 타협할 줄 알며 생사의 갈림길에서도 감사하고 삶을 향해 나아가는 사람들. 그들이 절망하지 않는 것은 곧 다가올 심해의 고요를 알기 때문인지도 모른다.

저녁 어스름 저기 누군가 다시 출항을 한다. 만선을 기원하는 깃발을 휘날리며 황금빛 저녁노을 속으로 물길을 가르며 나간다. 삶을 일깨우는 바다의 소리는 희망의 은유로 끊임없이 철썩일 것이다. 누군가의 희망이 불을 밝히며 상념의 부표를 넘어 바다로 향한다.

해빙기

　새벽 가로등 밑으로 희미하게 그녀가 보인다. 채비를 마친 가방을 점검하고 또 했을 것이다. 얼마 만에 함께하는 여행인가. 출발 시간에 늦을세라 공항까지는 승용차로 가기로 했다. 입춘을 앞두고 있건만 금년에는 추위가 강해 창밖으로는 얼어버린 강바닥이 펼쳐져 있다. 시동을 건 지 얼마 되지 않은 탓인지 차 안은 냉기가 흐른다. 도로에 낮게 깔린 새벽안개는 이끼 낀 우물에서 물을 길어 올리고 있는 듯하고, 여명 속에서 얼음으로 덮여 있는 강물은 차가운 빛을 발한다.

　그녀는 약속시간에 늦은 적이 없다. 가다가 혹여 있을지도 모를 지체 요소를 감안하여 일찍 나서기 일쑤다. 예정 시간보다 훨씬 일찍 도착하여 기다려야만 직성이 풀렸다. 두 해 전 남편을 먼저 보내고 난 후로 앓아눕는 날이 잦아 멀리 나가기를 꺼려했다.

그런데 정말 알다가도 모를 일이다. 이번 여정에 그녀가 그토록 자신의 의견을 내세운 이유를. 나의 궁금증은 다시 고개를 들기 시작한다. 고령의 나이에도 굳이 먼 여행을 고집했다. 보호자 동반이 가능할 경우에만 허락되는 여행을 강행하려 한 이유를 모르겠다. 그곳이 잘 알려진 온천이나 멋진 관광지로 알려진 곳도 아니다. 비싼 여행비를 치르며 굳이 가와고에를 택한 이유가 도대체 무엇일까.

일본 특유의 깔끔함으로 정리된 공원을 거닐 때 그녀는 가이드의 설명도 뒤로한 채 무언가를 찾듯 두리번거렸다. 한참 살피다 걸음을 멈추고선 나무에 손을 얹고 세월의 옹이를 쓰다듬기 시작했다. 마치 기억의 인화지 속에 정지되어 있는 한 순간을 꺼내보려는 듯 말이 없었다.

버스를 타고 편백나무가 잘 가꾸어진 고개를 굽이굽이 돌아갈 무렵 가이드는 각자의 소개와 여행 동기를 간단히 말해 달라며,

가장 연배가 높은 그녀에게 마이크를 내어준다. 바깥 풍경을 한동안 바라보던 그녀가 상기된 얼굴로 말문을 열었다. 이곳은 그녀가 유학중인 남편과 신혼생활을 시작한 곳이었다. 그때 이 공원에 묘목을 하나 심었다는 것이다. 먼 길 가기 전에 꼭 한 번 찾고 싶었다고. 차안은 일순 침묵이 흘렀다. 마이크가 다음 사람으로 넘어가고도 우리는 얼마간 서로 눈을 마주치지 않았다. 창밖을 바라보고만 있었다. 불쑥 지난 과거를 털어놓아 숙연하게 만들었던 그녀가, 다시 고요를 깨며 느닷없는 요구를 했다.

"나 아코디언 연주 배우러 가면 안 될까?"

구십의 나이를 채운 그녀였기에 나는 황당했다.

"악기 배우는 일이 그리 녹록치 않아요. 엄마."

유학 온 남편을 따라왔던 신혼시절, 타국에서 생활고와 육아 문제로 남편과 다투는 일이 잦았단다. 그럴 때면 음악을 즐기던 남편을 그 공원으로 나가 아코디언을 연주했고, 그녀는 설운 마음을 달래지 못해 애를 태웠단다. 한번은 몰래 악기를 버렸다가 몇 날을 수소문하여 다시 찾아오기도 했다고 한다.

"근데 이상한 건 말이야, 그 연주를 듣고 있으면 얼음 같은 마음도 사르르 녹았어."

남편을 보내고 나서야 자신의 속마음을 말하지 못한 것이 마음에 남는가 보다. 그녀가 배우고 싶은 건 악기가 아니다. 많은 세월 미움이라 생각했던 감정의 실체일 수 있다. 또한 그 추억 속에 머무르고 싶은 것인지도 모른다. 아버지가 돌아가시기 전 그녀가 입버릇처럼 하던 말이 있다.

"나 죽으면 절대 무덤조차 니 애비 곁에 나란히 두지마라."

평소에 자주 하던 말이라 그렇게 하는 게 도리라고 생각해 오던 터였다. 훗날 짧은 생각으로 그 말을 따랐다면 필시 후회하였을 것이다.

사람은 각자의 방식으로 자신의 생각을 표현한다. 그로써 다른 이와 소통하기를 원한다. 말로 글로 소리나 표정으로 때로는 침묵으로. 그러나 마음을 열고 듣지 않으면 오해와 서운함으로 서로의 관계가 소원하게 될 수도 있다. 때로는 빠짐없이 들었다고 생각하지만 아집과 편견으로 전혀 다른 소리를 듣게 될 수도 있다. 간혹 그 뜻을 알면서도 내 마음과 다른 말을 할 때도 있다. 두 분이 상대의 방식에 더 배려했다면 이렇게 먼 시간을 돌아오지 않았어도 되었을 것이라는 아쉬움이 따른다. 결혼생활이란 상대의 성격에 맞추어 가는 것임을 알면서도 그리 힘들었을까.

여정을 마치고 집으로 향하는 길에 장시간 히터를 켠 탓인지 탁한 공기로 차안이 갑갑하다. 한적한 길옆에 차를 세우고 창을 내릴 즈음 '쩌억쩍' 밤의 정적을 깨뜨리는 소리가 들려왔다. 강바닥의 얼음이 갈라지는 소리였다. 여기저기에서 화답이라도 하듯이 그 소리는 잦게 들려왔다. 물조차 자주 마시지 않으며 단체생활에 적응하던 강단 있는 그녀는 이미 잠들었다. 잠든 가슴속에서 들려오는 소리와 함께 강바닥이 녹아내리는 소리가 메아리쳐 울린다. 자연의 섭리대로 강물이 녹아내리고 있다. 허옇게 얼어있는 것처럼 보였지만 내면의 본질은 이미 녹아 흐르고 있었다.

오랜만에 건 수화기 너머 엄마의 목소리는, 무리한 여행으로 몸살을 앓고 있는 듯하다. 사소한 몇 가지 일정들을 뒤로 물리고 들렀다. 침대머리에 사진이 있다. 어디에 감춰두었다가 꺼냈는지 처음 보는 사진이다. 어쩌면 기억 속에서 겨우 꺼낸 추억의 사진인지도 모를 일이다. 어린 묘목을 배경으로 아코디언을 맨 내 아버지 곁에

긴장한 듯 카메라를 향해 수줍게 미소를 띤 여인이 있다. 세월의
강을 넘어서 그렇게 그녀가 있다.

추장 追葬

'뚱 두두 뚜 뚱뚱.'

소리에 마음을 베인다. 천년을 돌아온 소리다. 소리가 소리를 불러내자 왕릉의 봉분은 초록으로 피어나 선명한 윤곽을 하늘에 그린다. 고령 지산동 두산 능선을 따라 이백여 기의 고분이 흩어져 있다. 웅장하고 감동적이기까지 한 옛 공동묘지.

언덕 아래 내려다보이는 박물관은 왕릉 원래의 모습을 재현한 곳이다. 평일이라 입구의 안내원들을 제외하고는 관람객의 발길은 끊어졌다. 고분 안은 고요하고 서늘하다. 잠시 정적이 흐른다. 돌출된 관람대 아래 장엄하게 왕이 누워 있다. 석곽 안 목관 아래 잠들어 있다. 주변으로 수십 구의 시신 모형이 석관 속에 누워 있다. 왕의 권위를 보여주기 위해 죽은 순장자들이다. 왕이나 고관이 죽을 때 많은 사람을 죽여서 함께 매장한다는 순장. 부장품들과 함께 매장된다. 이처럼 하나의 봉분 속에 주인공과 순장자를 별도의 매장 공간을 마련하여 묻은 것은 대가야 장송 의례의 한 특징이다. 수혈식이라 추가로 시신을 묻을 수 있는 구조다.

살아있는 이를 같이 무덤에 묻는 행위는 죽은 후에도 권력과 힘이 유지될 것이라는 삶의 영속성에 대한 믿음의 소산이다. 이 과정에 음악이 동반되었다. 고대 사회에 음악이 갖는 의미는 통치 행위에 버금가는 비중을 지닌다. 구성원의 일체감과 결속력을 강화시키는 이유이기도 하다. 죽음의 문으로 들어가는 자에게 올리는 음악은 신에게 올리는 거와 다를 바가 없다. 명확한 죽음 앞에서도 죽음을 초월하는 음악의 힘. 악성 우륵이 가야금으로 가야의 음악을 정리하고, 신라로 망명하여 신라의 관료들과 갈등을 겪으면서까지 조정의 음악을 정비했다는 건 이 무렵 한반도에 있던 국가들 사이에 무력전쟁 뿐 아니라 문화 경쟁이 치열했다는 반증이다. 또한 대가야의 혼을 신라의 음악 속에 살려 놓았다. 음악을 국가 운영의 전면에 내세웠다는 점은 삶과 죽음이 동일한 지평에 섰다는 의미이다.

　가야금은 하늘과 땅과 사람의 소리를 담고 있다. 나무는 베어지고도 살아온 결을 간직하고 있다. 오동나무의 생애가 담겨있다. 장인의 손에서 악기로 빚어지면 악사의 품에서 새 생명을 부여받아 바람을 스치는 그의 이야기를 펼친다. 가야금의 재료가 되는 오동나무의 세포 구조는 매우 성글다. 상피세포를 현미경으로 관찰하면 세포의 벽이 얇고 유연하여 좋은 소리를 내는 자질을 갖추었다. 울림통 외부에 공기와 습기를 보호하기 위해 하는 옻칠도 좋은 소리의 비결이다. 이처럼 우리의 전통 현악기들은 정밀한 과학적 원리에 근거해 제작됐다. 울림통 구조, 재료가 되는 나무의 세포 형태, 옻칠 등이 어울려 '명금'을 만들어 온 것이다.

　가야금 소리는 눈과 비바람을 오롯이 맞으며 제 몸을 삭힌 오동나무와 누에가 낳은 명주실이 만나 빚어내는 천상의 화음이다. 진동하지 않으면 악기가 아니듯 모든 악기는 자신의 몸을 떨어 울리는 소리를 세상 밖으로 내어 놓는다. 소리를 내기 위해선 자기 몸의 일부를 떨어 공기를 흔들어야 한다. 진동된 소리는 울림통에서 세상 밖으로 나온다. 가야금의 울림통은 비어있다. 비어야 울리는 소리처럼 소리란 원래 빈 것인지 모른다. 애초에 없는 것은 아니지만 자신의 속에 머무르지 아니하니 제 것을 고집하지도 않는다. 끊임없이 소리들이 만들어지고 나가며, 시간이 지나갈수록 울림은 좋아진다. 한번 내어 놓고 나면 돌이킬 수 없는 시간의 한계성이 우리의 삶을 닮았다.

고요에 더욱 귀를 기울인다. 소리는 끝없이 태어나 이어지고 흩어진다. 이승과 저승의 길에 소리를 베풀어 북두에 고했을 우륵의 가야금 소리를 생각해 본다. 이슬이 넉넉한 순한 밤에 대궐 쪽으로 절을 하고 소리를 베풀어 진혼곡을 북두에 고하던 우륵의 가얏고 소리가 적막을 울리는 듯하다. 소리가 뜨겁고 간절할수록 약수弱水를 건너 서천으로 가는 자들의 혼을 달랬으리라.

창세기에 산 사람을 제물로 바치는 행위는 근절되었다. 순사, 자순, 순장형태의 장송의례가 있었으나 신라 지증왕 때 순장제도는 금지되었다. 추가로 시신을 묻을 수 있는 수혈식 구조는 어쩌면 순장이 아니라 나중에 곁 묻은 추장追葬은 아닐까 생각을 해본다. 이 과정에 반드시 음악이 함께하였다. 살벌하고 서늘하던 그곳이 정겹고 따뜻하게 느껴진다. 살아서 무엇이든, 어떤 삶을 살았든, 죽어서도 이웃으로, 가족으로 영원히 남고자 하는 염원의 현장이다. 현실의 우리 삶도 이런 간절함으로 살아가고 있을까? 나아가기 위해 달려가던 젊은 날을 돌아본다.

잊혀진 철의 왕국 찬란했던 꿈이 노오란 산수유 꽃으로 피었는지 박물관 주변이 눈부시다. 언덕으로 난 길을 따라 해질 녘 능선을 올랐다. 산 아래를 바라보며 숨고르기를 한다. 바람의 물결에 여린 햇살은 진양조의 부드럽고 은은한 소리로 가야의 산에 닿아 보랏빛으로 물든다.

유채, 4월 강을 품다

떠날 때 다시는 돌아오지 않을 생각이었다. 회귀본능일까. 고향을 떠난 지 이십여 년이 훌쩍 지나 이곳을 다시 찾았다. 물살을 가르며 지나가는 작은 배 하나가 강 길을 열어, 내 젊은 날의 강과 만난다. 끊임없이 소리하는 바다와 달리 강은 소리 없이 흐른다. 그 강은 바다로 향한다. 낙동강의 하류는 바닷물로 뒤섞이는 기수역이다. 민물과 바닷물이 만나는 곳. 지난 날 강의 모습과는 관계없이 모든 것을 포용한다. 민물의 강이 성질이 다른 바닷물을 만나 서로를 내어주고 적응하며 변화하는 곳이다.

강의 둔치는 자연습지의 야생 갈대밭으로 남았으면 좋았으련만,

지금은 생태공원이 조성되어 있다. 인간과 더불어 공존하는 자연으로 우리 곁에 자리매김하고 있다. 낙동강 주변에 조성된 대저생태공원 쪽으로 발걸음을 옮기면 봄 햇살에 노란 유채꽃이 손짓한다. 절로 피어나는 게 꽃이지만 이렇게 군락을 이루기까지 겨우내 새들의 잠식을 지켜낸 노력의 시간들이 있었을 것이다.

오후에 접어들면서 햇살을 받으면 그야말로 샛노란 물결이 장관을 이룬다. 꽃길을 간다. 가족과 함께 혹은 다정한 연인들이 유채꽃처럼 화사하게 웃음을 머금고 앵글 앞에 선다. 이 공원에서는 각기 다른 사람들이 꽃이 되고 사랑이 되어 피어난다.

드넓은 유채밭 뒤로 보이는 육교에는 공간을 가로지르며, 간간이 지나는 경전철이 이들의 사랑을 실어가는 듯하다. 유채꽃 너머 건너편 회색빛 아파트들도 노란 반사광에 희망이 가득한 동화 속 마을같이 보인다. 그들을 뒤로하고 강의 하류 쪽으로 향한다.

낙동강 하구언이 있는 을숙도에 가을이 깊어 가면 갈대는 황금빛으로 자라 사람 키를 훌쩍 넘는다. 교통수단으로는 하루에 몇 차례 드나드는 작은 배가 유일했다. 그래서인지 누구나 한 번쯤은 마지막 배를 놓치고 애틋한 사람과 하룻밤의 로맨스를 상상하곤 했었다. 한때 낭만을 내걸고 장사를 하던 추억의 선술집들이 밀집해 있던 곳이기도 하다. 인생과 문학을 나누던 곳. 저기 어디쯤인가 술 익는 냄새가 난다. 한여름 밤 모기를 쫓기 위한 쑥 연기는 우리를 삶의 불확실 속으로 더욱 다가가게 했다.

이곳은 청춘영화 촬영지로, 스케치 장소로 각광받던 곳이다. 하구언 철새 보호구역 안의 에코센터에 올라가면 창을 통해 갈대 숲 속의 철새들을 한눈에 바라볼 수 있다. 창이 아무리 넓고 투명하다 해도 벽이 될 때가 있나 보다. 갑자기 그들의 삶터에 더 가까이 가고 싶은 생각에 발걸음을 옮긴다.

밖으로 나와 눈길을 잡는 철새들의 고혹적인 안무를 바라본다. 지난 시간과 오버랩 되는 기억들에 눈을 감는다. 눈이 감각을 다 열었다면 귀는 열린 감각에 상상을 더하는 가능성이다. 비로소 들린다. 분주한 소리가 그제야 들린다. 해질녘 습지에 사는 작은 생명들이 하루를 거두는 소리가.

사는 일도 그랬을 게다. 세상의 낮은 곳에서도 묵묵히 자신의 몫을 다하며 살아가는 평범한 일상들 속에 진실들이 있었을 거다.

내 삶도 기억의 습지 속에서 끄집어 올린 진실의 소산물이 되어야 한다고 그들은 내게 들려준다. 강 주변 습지는 무수히 많은 생명들이 깃들어 사는 삶의 보고이다. 의식하지 못한 사이 행여 내 발걸음에 채일까 조심스레 발길을 내딛는다.

역류하지 아니하고 화합하며 순리대로 흐르는 지혜를 강은 일찌감치 내게 가르쳐 주었다. 강을 따라 이곳저곳을 걸으니 옛 기억이 아른거린다. 어느새 저물어가는 하루의 끝자락이 강물에 노을을 내리고 붉은빛이 낭자하다. '푸드득' 갈대 숲 사이로 소리가 들린다. 저녁이 깃들자 새들이 둥지를 찾아 돌아온 모양이다. 어디선가 낡은 배의 모터 소리가 들린다. 내 그리운 사람이 그 속에서 손을 흔들고 있는 환영에 뒤돌아본다. 동화 같은 초승달이 핼쑥한 얼굴로 서쪽 하늘에 걸려 있다.

차 밭에서

젖은 것으로 경험하고 마른 것으로 추억한다. 수구에 물을 붓자 무언의 인고忍苦가 펼쳐진다. 잎마다 숨겨 두었던 강을 불러온다. 물과 불에 단련이 덜 된 차는 위로 뜨고, 올된 찻잎은 가벼이 떠오르지 않는다. 묵묵히 물의 무게를 담아낸다. 곰삭은 차나무의 생이 펼쳐진다.

차에는 분석되지 않는 신비함이 있다. 녹차가 청춘의 맛이라면, 발효차는 연륜의 맛이다. 연녹색을 가진 녹차와 검갈색을 가진 발효차는 인고의 색깔부터 다르다. 녹차의 맛 속에 싱그러운 숲의 숨결이 있다면, 발효차의 맛에는 민물과 간물을 품는 강의 숨결이 있다. 똑같은 녹차나무의 잎을 원료로 하지만 가공과정에서 발효를 억제시킨 것이 녹차이고 발효를 촉진시킨 것이 발효차다.

비탈진 밭에서 자란 야생 차나무는 타협하지 않고 길들여지지 않은 곧은 심성이 있다. 곡우를 전후로 해서 딴 햇차는 우전차라 하여 줄기에서 처음 눈이 터서 잎이 다 펴지지 않은 순을 딴 것이다. 귀한 만큼 그 몸값도 높아 차를 따러 갈 때는 흐린 날을 피하고 화장이나 몸에 향기가 나는 것을 삼간다.

오월의 차 밭은 강바람에 수런거린다. 강에 닿지 못한 나무는 목이 말라, 봄볕 부서지는 강의 윤슬을 제 몸에 불러 앉혔다. 봄이면 섬진강 근처에 사는 시인이 차를 보내왔다. 그가 만든 차는 향이 깊고 곱다. 그의 행간까지 녹아있어 삶의 은유가 느껴지는 맛이다. 차를 만드는 과정이 궁금하기도 하고 주변 사람들과 나누고 싶어 직접 차를 만들 요량으로 차 밭을 찾았다.

차나무 밭을 지날 때면 잘 정리된 차 밭에 시각이 먼저 제압된다. 차나무들은 납작 땅에 엎드렸다. 높이 자란 차나무는 잎을 따기 어렵다. 관리가 편하게 잘라낸 가지에서 새로운 두 가지가 자라나온다. 가지에서 이파리가 열리니 생산량이 늘어나기 때문이다. 사람들의 편의에 의해 이발을 한 듯 나지막하게 손질이 잘 된 차 밭을 지나 경사진 언덕을 올라 시인의 차 밭에 다다랐다. 일창일기一槍一旗, 말려있는 새 순이 창처럼 뾰족하여 이르는 말이다.

여린 잎의 목을 꺾는 일이 미안하기까지 하다. 그러나 눈앞에 보이는 잎을 따는 일은 흥미로웠다. 무아지경이다. 새 순에 눈이 멀어버린다. 어느새 목적은 행위 자체를 일괄화시킨다. 욕심은 이내 다른 나무로 옮겨 잎을 딴다. 내가 지나간 자리를 돌아와 다시 고개를 숙이고 몸을 낮추니 지날 때는 몰랐던 새순들이 아래쪽이 가득 있다. 무릎을 꿇어 자세를 낮출수록 어린 새부리 모양의 새순이 잘 보인다.

내 삶도 이렇지는 않았을까. 가장 가까이 있는 나무 아래 최선을 다하기보다는 다른 나무에 보이는 더 많은 새순을 찾아 헤매지는 않았는지. 그런 시간들을 돌아본다. 적요한 차 밭. 세상 사는 이치가 차 밭에도 있다. 마치 오체투지를 하듯 차나무처럼 나도 땅에 몸을 낮추면, 바람이 전해주는 소리를 들을 수 있을까. 세상의 거센 풍파 앞에서도 조심스레 조아려 엎드리면 더욱 강건한 뿌리를 가질 수 있지 않을까.

찻잎을 따니 잡념은 사라지고 속세는 멀어진다. 그림자가 길어

지니 어지간히 욕심을 접고 산을 내려오다 길섶에 찻잎 한 장을 따 씹어본다. 찻잎은 구취를 제거한다. 입으로 들어온 것보다 입으로 나간 것이 세상을 더럽힌다 했던가. 세상을 향해 내뱉은 허한 말들이 때로는 내게 족쇄가 되기도 하고 화가 되기도 했다. 그간 내가 한 무심한 말들이 산화되고, 정화되어 희망만을 말하는 자가 되기를 바라는 나의 바람까지 바구니 속에 담아 내려왔다.

차를 만들 때는 살청殺靑의 과정을 거친다. 모름지기 세상에 존재하는 유정물은 각자의 독이 있다. 차가 가진 독성을 제거하고 생엽의 풋내를 없애 좋은 차향을 만드는 과정이다. 오래 전 대나무의 푸른빛을 죽이기 위해 불을 쬐는 행위도 살청이라 하였다. 종이가 없던 시절 대나무에 기록을 남겨야 했는데, 갓 자른 생生대나무는 수분이 많기에 필사가 어려울 뿐 아니라 벌레가 생기거나 또 심하면 햇볕에 갈라질 수 있었다. 그래서 직접 불을 쬐는 작업을 해 대나무의 푸른빛을 죽인 것이다. 무릇 살아있는 것들은 자기를 버리고 나서야 더 긴 생명을 얻는가 보다.

조선 후기 승려 초의와 추사의 신분을 초월한 돈독한 우정에도 차는 매개자로서 한몫을 하였다. '홀로 마시면 신의 경지에 이른다'

라는 초의 선사의 말에 수긍을 하면서도, 시음을 하기 위해 주변 이웃들을 불렀다. 차를 대접하니 모두 맛이 좋다며 고마워한다. 범속한 내가 도에 이르는 차를 음미하기는 힘들다. 차 맛은 향으로 분별되지만 정으로도 마시는가 보다. 사람 사이의 정, 이보다 더한 맛이 있을까.

호젓한 시간이면 발효가 잘 된 차를 마시며 세속에 물든 나를 헹구어 본다. 사람도 고달픈 생의 질곡을 지나온 자가 자신을 내릴 줄 알듯이 수구 아래 찻잎의 시간을 바라본다. 햇차 한잔이 미뢰에 남긴 향기가 온몸의 집착을 내리게 하는 깨우침은 아닐까. 속절없이 가는 봄날의 허무함도 차 한 잔에 위로를 받는다.

무언으로 지혜를 가르치는 5월의 차 밭에서 나는 무얼 찾았는가. 들었는가. 소리에 귀를 기울인다. 더욱 몸을 낮추고 고개를 숙이라 봄바람에 전해져 오는 듯하다. 대나무도 살청을 하고 나서야 오래도록 보관될 역사가 씌어 책으로 남고, 찻잎도 오래도록 좋은 향을 유지한다. 시간이 모든 것을 덮고 상처마저 아물게 하듯이 자신이 선택한 일을 소명처럼 생각하고 이처럼 항아리 속에서 곰삭아 누군가의 가슴에 푸르게 살아나는 찻잎이기를 소망해 본다.

성에의 저편

"술 좀 사 주시면 안 될까요?"

밤늦게 걸려온 전화다. 그가 대학 수능시험을 치르고 온 날이다. 친구까지 데리고 온다니. 잠시 어떻게 처신해야 할지 망설여진다. 솔직하게 말하고 보호자로 동석을 해 달라 하니 거절할 명분도 부족하다. 미성년자인 그들을 데리고 갈 술집이 마땅히 생각나지 않는다. 짧은 시간에 여러 곳을 생각해 보았지만 결국 집 근처 가장 가까운 카페 앞에서 그들을 만나기로 했다.

저만치 그들이 보인다. 해마다 수능 추위는 밤을 지배하고 있는 듯, 긴장 풀린 해방감만큼 잦았을 그들의 입김이 겨울 밤하늘에 피어올랐다. 찬바람이 우리를 더욱 빠른 걸음으로 몰아세운다. 카페 윈도우에는 물기가 안개처럼 맺혀 있다. 손가락으로 어떤 모양이라도 그리고 싶은 충동이 인다. 안쪽의 풍경은 다소 흐리지만 아늑하다. 안으로 들어서니 테이블마다 스테인리스 바구니가 놓여 있다. 마음에 드는 술을 골라 가져다 마시는 술집이다.

형형색색의 맥주들이 진열장 안에 있다. 각국에서 수입되어 온 것들이다. 각기 맛과 알코올의 농도가 다르다. 마치 그 속엔 인생의 달콤한 맛과 아름다움으로 가득 차 있을 것 같은 착각을 일으키게 한다. 내 맛이 제일이라는 듯 화려한 색을 발하고 있다. 우리는 각기 다른 테이블을 차지하고 앉았다. 그들이 맥주 앞에 섰다. 각양각색의 맥주 앞에서 선택의 혼란을 맛보고 있다. 우두커니 앉아 있기도 어색하여 초콜릿 향이 강한 맥주 한 병을 골라 먼저 자리로 왔다. 호기심 가득한 그들은 이내 나와 같은 술을 바구니에 담는다. 알록달록한 색상의 맥주도 가져와 맛보기 시작한다.

이제 인생의 진열장에서도 자신의 길을 선택해야 한다. 자신이 원하는 것을 골라 맛보려 할 것이다. 더러는 달콤함에 앞뒤 잴 틈 없이 들이켜기도 하고, 머지않아 단맛에 가려진 알코올의 힘을 깨닳게도 될 것이다. 어느새 취하게 되고, 흔들리는 세상이 있다는 것을.

처음에는 눈에 보이는 것만 보고 그것이 가진 이면을 알아채지는 못하겠지. 보이는 것에 좌우되어 선택한 달콤함이 얼마나 무거운 짐을 요구하는지도 알 수가 없을 거야. 그 답은 자신이 직접 찾아야 하고 찾은 답이 오답이라 할지라도 오롯이 자신의 몫이라는 것도. 머릿속의 생각들이 가슴으로 내려올 때까지 얼마나 많은 시행착오와 시간이 지나야 했던가.

그날도 이렇게 추위가 외투자락을 움켜쥐게 한 날이었다. 졸업식을 마친 후 선배를 따라 갔다. 조도가 낮으면서도 고급스런 칵테일 집이었다. 그녀가 주문한 칵테일은 길쭉한 모양의 잔에 알록달록한 무지개 색깔의 술이 담겨 있었다. 알코올의 비중이 서로 달라 자신의 색깔을 유지하고 있었다. 테이블 위에 놓인 술잔에 바텐더가 불을 놓으니 잔 위에는 순식간에 불꽃이 피어올랐다. 무지개가 타고 있었다. 불빛에 비친 그녀의 얼굴은 세상의 비밀을 다 알고 있다는 듯 차분했다.

"삶에서 무지개를 찾는다면 이렇게 태워야 하는 거야."

그녀의 말은 내 가슴에 새겨졌다. 가끔 그녀를 따라 나서서 이기지도 못하는 술을 마시며 보수동 헌책방 골목을 누비기도 했다. 그 이듬해 그녀는 사랑을 만났다. 세상의 잣대로 보자면 여자의 집과는 대조적인 사람. 그녀의 사랑은 세공사였다. 하루 종일 애꾸눈 돋보기 알을 눈에 끼운 채 녹이고, 두드리고, 다듬는 일을 했다. 부모의 반대에 부딪히자 잠시 그들만의 세계로 사라졌다가 달포가 지난 후에 돌아왔지만 세상의 편견에 밀려 각자의 길을 가게 되었다. 얼마 지나지 않아 그녀는 부모의 성화로 새로운 사람을 만나 가정을 이루었고, 주변과 연락을 끊고 은둔해서 잘 살아가고 있는 듯했다. 그러나 결혼 후 일 년이 되던 날에 자신의 남은 삶을 뒤로 하고 홀연히 떠나갔다.

그녀는 졸업 후 가장 친하게 지냈던 사람이었다. 세상으로 나가면 신비롭고 아름다운 것이 가득할 줄 알았다. 첫 만남에서 맛본 상실의 감정. 그 경험은 후일 나의 결혼관에도 적지 않은 영향을 끼쳤다. 지금도 가끔 세상 어디선가 그녀가 무지개를 만나 자신을 활활 태우고 있는 환영이 스치곤 한다.

아이들의 테이블 위에 빈병들이 쌓여간다. 저 빈병들은 많은 시간을 돌아온 지금 세상 밖에서 찾으려고 한 내 삶의 흔적일지도 모른다. 순간 그녀가 말한 건 내 안에 존재하는 세계에서 자신을 활활 불태우라는 뜻이 아니었을까 생각해본다.

자정이 되어가자 술집은 손님들로 더욱 붉게 달아오른다. 그들의 뺨도 붉게 상기되었다. 흔히들 말하듯이 부모 노릇이 쉽지는 않다. 이만하면 되었다 싶어 취기가 도는 아이들을 챙겨 밖으로 나왔다. 안과 밖의 확실한 기온 차는 윈도우에 맺혀 있던 성에의 물방울들을 온전히 남아있게 두지 않는다. 긴 물 꼬리를 남기며 흘러내린다. 얼룩진 윈도우 앞에 서있다. 성에는 영원히 저편이 아니었다. 우리 앞에 있었다. 밖이 아닌, 자신들의 내부로 향한 세상에 그들이 늦지 않게 도착하기를 바라는 마음이다.

보이는 것 너머

19번 국도로 들어섰다. 싱그러운 연두색 잎들이 녹음을 향해 달려가고, 반짝이는 섬진강의 윤슬이 눈길을 잡아챘다. 거리엔 시절 인연을 다한 벚꽃 잎들이 바람에 흩날리는 날, 평사리로 들어왔다.

평사리의 늦봄은 바람이 많다. 겁이 많은 사람은 귀가 밝다 했던가. 시골의 밤은 두려웠고 문학관 주변은 대숲으로 둘러져 있고 바람소리는 더욱 거셌다. 서걱대는 댓잎 부딪치는 소리에 머리끝이 쭈뼛 서곤 했다. 한옥이라 미닫이문 틈으로 들바람이 슬며시 들어와 날바람 되어 나갈 때는 마치 죽비처럼 후려치며 나갔다. 온갖 상상이 몰려와 혼자 한옥관에 머무는 날, 차를 달려 집으로

온 적도 있었다. 지리산을 끼고 있어 기류의 흐름이 빠른 이곳은 구름의 움직임이 도시와 비교하면 빠르기를 배속한 것처럼 느껴진다. 수시로 멋진 풍경들을 놓치지 않으려 틈틈이 사진으로 담아두었나.

그러나 무엇보다 도시의 소음으로부터, 자잘한 생활의 구속으로부터 떠나올 수 있어 좋았다. 일 년의 반을 머무르는 긴 시간이었다. 그간 모아온 글들을 책으로 묶을 수 있도록 퇴고를 하고 새로운 글의 수확도 있었다.

하동은 문인들의 출입도 잦고 문학의 영향을 많이 받는 곳이다. 어린이 문학 꿈나무는 물론 마을마다 어르신 시 창작 교실이 있어 수업이 이루어진다. 한번은 어르신 백일장에 참관한 적이 있었다. 문맹인 그들이 문자 해독 능력을 가지고 난 후 시를 지었다. '어머니 어머니 이제 적습니다. 제 이름 석 자.' 모든 삶이 함축되어 있는 한 문장이 주는 힘은 실로 크다. 참가자들의 글은 어린이들의 동시와 영락없이 닮았다. 늙어간다는 건 우리 마음속 동심으로 다시 돌아간다는 것과 일맥상통할까. 시상식이 있던 날 행사장으로 들어서는 그들을 참석자들은 모두 기립박수로 맞았다.

글을 쓰는 일도 사람의 이야기를 쓰는 일이다. 사람을 섬길 줄 모르는 사람에게서 좋은 글이 나오기 힘들지 않을까 싶다. 누군가 나를 입주 작가 중에서 가장 허점이 많은 사람이라고 했다. 너무 맑은 물에 고기가 살 수 없듯 사는 일도 같은 이치라고 생각된다. 사소하고 작은 것에 애정을 가지고 본질을 보려는 눈을 잃지 않아야겠다. 내가 글을 쓰는 이유도 세상에 할 말이 많아서가 아니라 사람이 좋아서 하는지도 모른다.

돌아보면 감사할 분들이 많다. 많은 이들을 만났다. 그 중 성자 할매는 나의 식물도감이었다. 누구도 가르쳐 준 적 없는 자연을 읽어 주었다. 텃밭에 씨 뿌리고 모종 심었더니 쑥쑥 자라 주렁주렁 열매를 달았는데, 모두 그녀가 소복이 얹어 준 거름 덕분이었다.

"암 맏도 마."

아무 소리 말고 주는 걸 받으라는 말이다. 우리가 흙으로 돌아가는 이치도 무한하게 품어주는 모성의 근원에서 비롯되지 싶다. 평사리는 정직한 흙의 정서를 깨닫게 해주었다. 그녀는 사진과 연관한 내 글의 소재가 되기도 했다.

우리는 살면서 누군가에게 정서적으로 영향을 주고받기도 한다.

입주 작가로 있는 동안 장르를 가르고 금을 긋는 문인들을 종종 볼 수 있었다. 시적인 것이 수필이 될 수도 있고, 소설의 기법을 수필에서 차용할 수도 있다. 음악이 때로 회화적일 수 있고, 미술도 표현하는 방식에 따라 음악을 차용하기도 한다. 도구가 다를 뿐 예술의 영역에서 안과 밖을 구분할 일은 아닌 듯하다. 그 본질이 가지고 있는 것은 같지 않을까 하는 생각에서다.

작업에 매달려 있다 보면 감당할 수 없는 압박감이 밀려와 강박 관념에 시달리기도 한다. 때로는 절망도 느껴진다. 뜨겁고 잡스런 머릿속 생각을 텅 빈 백지로 만들기 위해 애를 썼다. 그런 날은 으레 산책을 나섰다. 이곳 생활이 익숙해지고 무섭던 바람소리도 좋아졌다. 가끔 대나무 숲으로도 들어가 본다. 서늘한 기운이 와 닿는다. 굵은 대나무에 귀를 대면 영락없는 기차소리가 난다. 친한 사람이 오면 대밭에서 이 소리를 들려주곤 했다.

한땐 밖에서 바람이 든다 생각했다. 바람의 집은 내 마음 속이지 않을까 싶다. 자연의 소리에 귀를 여는 시간은 되었으니 더는 바랄 바 없다. 그동안 작업을 갈무리하고 새롭게 곳간을 채우기 위해 평사리 입주 작가로 들어왔지만 그즈음 나는 사는 일에, 사람에 지쳐있었다. 누군가 살며 힘이 들 때면 숲으로 가라 말했지만 이젠 인연꽃 피는 평사리로 들어가리라. 다시 찾아갈 때는 풍경을 오롯이 담기 위해 버스를 타야겠다. 보이는 것 너머에 있는 평사리. 내 삶에 고개를 묻고 싶을 땐 하동 행 버스표를 끊어야겠다.

백사청송 白沙青松

세상의 소리들이 멀어진다. 안으로 다가갈수록 세상과 다른 숨결로 가득하다. 몇 차례 이곳을 다녀갔지만, 숲의 속살을 보지 않고서는 다가설 수 없다는 생각으로 이른 시각에 차를 달려왔다. 숲의 가장자리에는 톱밥을 깔아 길을 내놓았다. 그 위를 걷는 사람들이 간간이 보인다. 신을 벗고 맨발이 되어 걷기 시작했다. 길 한가운데서 무언가 열심히 주워 바깥으로 치우는 이가 있어 다가가 보니, 맨발로 걷는 누군가를 위해 모난 돌이나 거친 가지들을 줍고 있다. 이른 아침 이타의 마음을 가진 이의 배려가 있기에 고운 길을 걸을 수 있구나. 이렇듯 사는 동안 나를 위해 걸림돌을 치워주기도 하고 묵묵히 지켜봐 주던 사람들의 고마움을 생각해 본다.

하동은 지리산을 끼고 있는 지형이라 기류의 변화가 심한 곳이다. 짙은 운무가 두텁게 내려앉기 시작하고 이슬에 젖은 송림 바닥에서는 은은한 솔향이 배어 나온다. 솔잎과 솔방울이 쌓여 부토가 되어 있다. 떨어진 갈비를 손바닥에 올려본다. 잎이 두 개다. 한 꼬투리에 잎이 세 개씩 붙은 외래종 리기다소나무가 아니라 솔잎 둘이 짝을 지은 토종 소나무다. 예로부터 소나무는 우리네 삶의 동반자였다. 왼새끼 꼰 금줄에 솔가지 꽂은 방 안에서 태어나, 솔줄기 속껍질로 주린 배를 달래기도 하고, 험한 세상 송죽처럼 꿋꿋이 살다가, 끝내는 소나무 우거진 언덕배기에 눕지 않았던가.

전국에 빼어난 솔숲이 적지 않지만, 그 중에서도 하동송림은 풍광으로도 사연으로도 손꼽힌다. 모래가람·다사강多沙江 등으로 불릴 만큼 고운 모래로 유명한 섬진강과 함께해 온 송림이다. 해변처럼 넓은 백사장의 은모래와 푸른 송림이 절경을 이루고 있다. 조선 영조 21년에 당시 도호부사 전천상에 의해 섬진강 강바람과 모래바람의 피해를 막기 위해 이 소나무 숲이 조성되었다. 노거수 소나무 밑에 '백사청송白沙青松'이란 글이 새겨진 비석이 서 있는 연유는 여기서 비롯된다.

이곳의 소나무는 고유관리 번호를 가지고 있다. 우리나라 재래종인 육송으로 모두 심어져있고 그 중 이름을 가진 소나무는 네 그루다. 연리지 형태로 된 부부송, 늘씬한 여인의 하체를 닮은 고운매나무, 열악한 환경에서 휘어짐이 많은 못난이 나무. 제각기 특징을 빗댄 이름을 가졌다. 소나무는 암꽃과 수꽃이 같은 나무에 피는 강한 번식력을 가지고 있다. 그러나 정수리를 가리면 죽는다는 말이 있을 정도로 극양수極陽樹다. 햇볕을 매우 좋아한다. 소나무의 굽어짐은 빛을 향한 나무의 생존언어다.

가장 먼저 만나게 되는 나무는 맞이나무다. 뒤틀린 모양이 특이하다. 뿌리가 보일 정도로 아래 둥치가 꺾여 직립의 순리를 역류한 나무다. 보호차원에서 버팀목을 받쳐 놓았다. 제 몸에 세월을 쌓는 게 나무라지만 거센 바람의 길을 맨몸으로 견딘 인고의 흔적인가. 자세히 들여다보니 나무는 어느새 곁가지가 싱싱하게 자라 하늘을 향하고 있다. 생명이란 이토록 강한 것인가 보다.

나무 둥치에 손을 얹고 귀를 바싹 대어 본다. 이곳은 1950년대 숨어든 빨치산들이 이념을 달리하는 사람들을 잡아다 나무에 묶어 공개 총살을 하던 현장이다. 아직도 그 총알이 소나무에 박혀 있다고 그 시대를 오롯이 지나온 주민의 증언이 전해진다. 이후 1951년 남한 빨치산 남부군 총사령관인 이현상. 그는 조직적으로 항전하며 서남지구 전투경찰 사령부 수색대와 교전을 벌이다, 지리산 깊은 골짜기 빗점골 합수내 너덜겅 바위에서 사살되었다. 숨진 그의 시신은 섬진강 다리 밑 하동 송림 주변 백사장에서 스님의 독경과 더불어 한 줌의 재로 변하여 강에 뿌려졌다. 남과 북으로부터 버림을 받은 빨치산의 최후는 '사살의 정점에 있던 토벌대장 차일혁이 그의 죽음을 추모하기 위하여 송림 변에서 조포 세 발을 쏘았다.'라고 전해진다. 이것은 시대의 이데올로기를 넘어 한 인간으로서의 죽음이 인간적 유대감으로 존중된 건 아닐까. 사뭇 옷깃이 여미어진다.

짙게 드리운 운무가 어느새 툭툭 빗방울을 내린다. 숲에선 군데군데 나무 모양으로 설치된 스피커의 낮은 음악소리가 흘러나온다. 베토벤의 비창이다. 매우 느린 2악장으로 우아하며 무언가를 간절히 기원하는 곡이다. 마치 송림의 진혼곡처럼 들리는 건 지난 날 아픈 상흔의 역사가 잠들어 있는 것과 무관하지 않은 듯하다.

비를 피해 나는 새들의 낮은 비행에 나뭇가지에 맺힌 굵은 빗물이 이마에 떨어진다. 고개를 들어 하늘을 본다. 숲의 관점에서는 소나무들이 가지를 걸쳐 만들어내는 화폭에 하늘이 세 들어 산다. 자세히 관찰해 보면 건강한 소나무 가지 위에도 햇볕을 받지 못해 죽은 마른 삭정이가 매달려 있다. 사람 사는 일도 그렇다. 저마다 다른 관점을 가지고 바라보는 현실에서 각자의 아픔을 지니고 있지는 않을까 하는 생각이 든다.

잠시 지나가는 운무인지 비가 그었다. 하동은 감성적인 고을이다. 송림내 구석진 화장실 벽에도 시 한 수 감상할 수 있도록 배려한 여유와 풍류를 느낀다. 송림 내에 있는 '은모래 화장실' 누가 지은 이름인가 곱기도 하다. 그곳에 들고 나면 우리가 가진 근심 모두 벗어 놓고 솔솔 바람결에 섬진강의 이야기가 들려 올 것만 같다. 한 시대의 이념과 아픔, 우리가 살아가는 소소한 이야기들도 모두 품고 강은 순리대로 흐른다. 강을 바라보며 걷는 노부부의 뒷모습이 정겹다.

때때로 사는 일에 지치면 솔숲에 혼자 들어가 보자. 시간의 행간을 읽을 수 있다. 청량한 기운이 어떠한 위로보다 포근히 다가온다. 맨발로 숲을 걸어보자. 그 길은 우리 내면으로 향하는 길이요 자신을 비우고 숲의 에너지로 채울 수 있는 길이다. 소통의 장소, 성찰의 장소, 누군가에게는 회개의 장소가 된다. 더 나아가 눈을 감고 내면의 세계로 들면 집착과 분별을 버리고 잠시라도 숲의 고요에 안기지 않을까 싶다.

평설

통찰과 화해의 미학

장성진

(창원대학교 국문학과 교수)

1. 통찰과 질서의 발견

한 작가의 작품세계를 짧게 요약하는 것은 쉬운 일이 아니다. 그럼에도 불구하고 논의의 편의를 위해서 말한다면, 우광미 작가의 에세이를 관통하는 하나의 사유는 사물의 질서와 그 질서 속에서 공존하는 방식의 모색이다. 그리고 그 과정은 통찰과 화해이다. 이때 사람도 그 됨됨이로서 인물(物)과 행위로서 인사(事)의 주체로서 사물에 포함된다. 이 짧은 평설은 이러한 견해를 몇 가지 측면에서 실증해 보이고 독자의 동의를 구하는 제안서이기도 하다.

수필 장르의 정신적 기반은 대상에 대한 관심과 존중이며, 대상을 파악하는 첫 번째 단계는 관찰이다. 이는 감각적으로든 지적으로든 대상의 실체에 다가가는 길이다. 장르 이론상 작품외적 세계를 수용한 자아의 세계화라고 한다. 그만큼 실재하는 소재가 중요하다는 뜻이다. 주지하다시피 견문은 수필의 중요한 토양이다. 동서양을 막론하고 교통이 급격히 발달할 때, 제도적으로 여행이 자유로워질 때, 사회적으로 새로운 문명과 접촉이 활발해질 때, 지식이 대중에게 개방될 때 견문록류의 수필이 왕성하게 창작되었다.

오늘날 소소한 기행문이나 감성적 취미생활 등 소위 신변잡기류가 범람하는 것도 이 시대의 문명과 문화적 환경을 보여주는 또 하나의 자료이다. 직간접적 체험의 기회가 급격히 증가하고 출판 여건이 좋아짐에 힘입어, 작가와 작품이 양산되는 것이다. 이 과정에서 수동적 견문을 소재로 삼고, 개인적 감상을 섞어서 작품으로 발표하는 일이 일상화되었다. 이는 문학의 대중화 또는 저변 확대라는 긍정적 측면을 포함하기도 하지만, 그보다 훨씬 심각한 반성을 요구한다. 진부한 말이지만 문학과 문학활동이 무엇이며 어떻게 해야 하는가에 대한 근원적 자문을 중단하지 않는 일이다. 일종의 기본적 태도이다.

　우광미 작가에게 주목하는 첫 번째 관점은 바로 문학에 대한 기본적 태도 표명이다. 견문을 관찰의 차원으로 심화시키고, 체험을 식견으로 일반화하고, 소새를 제재로 정리하는 작가적 입지는 그의 어느 작품에서나 공통으로 발견되는 출발점이다. 이는 그의 작품이 태생적으로 에세이의 전통에 견고하게 닿아 있다는 뜻이다. 우광미 작품의 소재 영역은 크게 예술 세계, 인간관계 맥락, 공간 체험 등 세 영역으로 분류된다. 여기서 구분이라 하지 않고 분류라고 하는 것은 이들 소재가 뚜렷이 나뉘어 있지 않고 일정한 관계망을 형성하면서 서로 길항작용을 하기 때문이다.

　예술 세계는 이 작가의 차별성을 보여주는 중요한 소재 영역이다. 여러 작품을 통해서 작가가 음악과 그림과 사진 등 몇 가지 활동에 참여하고 있다는 사실을 알 수 있다. 그렇지만 구체적으로 활동 이력이나 경향, 예술 작품의 미적 상찬, 자작품의 내용 등에 대한 기술은 나타나지 않는다. 그가 자기 예술에 대하여 어떻게 평가했든, 천성이 겸손해서 그렇든 그것은 중요하지 않다. 정말 중요한 것은 문학이라는 영역 속에서 다른 예술을 대하는 태도이다. 가장 기본적인 태도는 각 예술의 질서를 발견하고 존중한다는 점이다. 그의 작품에서는 소재로서의 예술이 최대한 원래의 속성대로 묘사된다. 그것이 질료이든 형상이든 가공되거나 조작되기 전의 상태가 제시된다.

출입문이 닫힌다. 조명이 켜지고 무대 위로 올라온 단원들은 자리를 찾아 앉는다. 저마다 악기를 점검한다. 민낯의 소리들이다. 소리는 점차 잦아들고 일순간 정적이 흐른다. 자리에서 일어선 악장의 신호의 의해 오케스트라는 조율이 시작되고, 악기들은 잠시 소음을 일으킨 뒤 정일한 내면을 맞춘다.

전체 음정의 밸런스를 유지하기 위해서 반드시 거치는 과정이다. 그 기준음은 442Hz다. 전체를 이끌어 가는 약속이기도 하다. 현악기는 운지運指를 하지 않고 관악기는 밸브를 움직이지 않고 내는 음으로 맞춘다. 이 과정을 통해 가장 안정적인 악기 상태를 유지한다. 시대에 따라 약간의 차이가 있기는 하지만 442는 음이 명료하고 화려하게 들리는 높이다.

— 〈442〉에서

음악 이야기이다. 이 작품의 화자는 무대 위에 있다. 물론 명시적으로 언술되지는 않았지만. 그런데 소리는 객석에서 들리는 듯이 묘사되었다. 음악회 특히 오케스트라 연주에서 관객들이 연주단과 가장 친근하게 느끼는 때도 바로 이때이다. 모든 단원들이 저마다 악기를 울려대며 소란스럽다가 일순 고요해진다. 이 짧은 조율시간동안 관객들은 마치 무대 위 연주자들의 민낯과 생악기를 엿본 듯한 편안함을 느낀다. 어쩌면 이것은 서로 다른 지점에서 긴장하며 다가온 연주자와 관객이 공동으로 벌이는 입사식이다. 이 입사식을 마치면 하나의 동아리가 되어 음악의 세계로 들어가는 것이다.

작가는 이 짧은 시간을 소중하게 여겼다. 왜냐하면 그것이 혼돈의 끝이자 질서의 시작이기 때문이다. 음악은 질서의 예술이다. 강약, 장단, 지속遲速, 고저, 단속斷續 등 모든 상대적 요소들이 가장 절묘하게 조합되어 소리를 이룬다. 이런 순간이 시간의 흐름에 얹혀 연출되다가 어느 시점에서 마무리된다. 그 지점을 작가는 "침묵 속에 멀리 퍼져나가는 여음을 듣고 있다. 그 여운은 나의 가슴 깊이 되돌아온다. 442는 그 곳에 있었다."라고 이 작품 끝에서 서술하였다. 작품 속 화자는 연주자임에 틀림없는데, 예술이 제 질서를 따라 원래의 자리로 돌아오는 것을 지켜보는 자리에 서있다. 그만큼 대상을 존중하는 것이다.

청각에 호소하는 악기가 그렇듯이 시각에 다가가는 카메라도 같은 원리이다.

카메라는 사물을 관찰하고 대상의 속성을 이해하려 한다. 나의 시점이 되었다 상대의 시점이 되기도 한다. 세상을 다양한 차원으로 바라보는 훈련을 하는 것이다. 수많은 순간들을 담아 저장 칩 속에 보내고 정작 자신은 비어 있다. 이제 사진은 진화된 기술로 강조하고자 하는 부분을 더욱 부각시키기도 하고 은폐하기도 한다. 지나친 수정은 거부감을 들게 하고, 너무 자신만의 세계에 빠진 경우는 주변과 어우러질 수 없다. 진실의 표현과 휴머니즘, 그것이 가진 본질을 유지하고 있어야 한다. 자신에게 오는 매순간들을 모두 소중하게 생각하고 끊임없이 노력하며 기다린다면 그 과정이 '매직 아워'였다는 걸 깨닫게 되지 않을까. 내 곁에 있는 모든 것에는 이유가 있고 의미가 있을 것이다.

－〈매직 아워〉에서

카메라의 속성을 정확하게 포착하였다. 카메라는 도구이다. 모든 도구의 가치는 주체의 대용물로서 기능에 있다. 농기구는 사람 손에 견고함이나 날카로움 같은 기능을 강화시킨 것이고, 안경은 눈의 시력을 돕는다. 모두 사람의 신체와 기관을 강하고 정밀하게 도와서 대상을 최대한 변화시킨다. 그 중 카메라는 독특한 도구이다. 기능을 사람의 의도에 맞추는 것이 아니라 대상의 속성에 맞춘다. 굳이 편을 정하라고 하면 대상 편이다.

그런데 카메라의 기능이 발달하면서 주체의 편에 서는 도구로 바뀌었다. 피사체를 변형시켜 주체의 마음에 맞춘다. 대상을 왜곡시키는 일은 대상을 망치는 게 아니라 주체를 소외시키는 일이라고 하였다. 대상을 있는 그대로 보이게 하는 것이 휴머니즘이라고 하였다. 나를 어떻게 하는 것이 아니라 대상과의 본질적 관계를 유지하는 것, 그래서 대상은 어떤 빛깔과 모양으로 보이든 그 자체로서 가장 아름답게 보이는 매직 아워 속에 있다. 그만큼 주체가 대상에 다가가는 것이다.

대상에 대한 관찰은 자연을 대했을 때도 치밀하다.

비를 피해 나는 새들의 낮은 비행에 나뭇가지에 맺힌 굵은 빗물이 이마에 떨어진다. 고개를 들어 하늘을 본다. 숲의 관점에서는 소나무들이 가지를 걸쳐 만들어내는 화폭에 하늘이 세들어 산다. 자세히 관찰해 보면 건강한 소나무 가지 위에도 햇볕을 받지 못해 죽은 마른 삭정이가 매달려 있다. 사람 사는 일도 그렇다. 저마다 다른 관점을 가지고 바라보는 현실에서 각자의 아픔을 지니고 있지는 않을까 하는 생각이 든다.

─〈백사청송〉에서

송림에서 본 장면을 그대로 옮겨 놓았다. 비를 피해 낮게 나는 새들의 날갯짓에 나뭇가지의 물방울이 떨어진다든지, 햇볕을 받지 못한 잔가지가 말라죽어 삭정이가 된 모습은 세밀한 관찰의 기록이다. 그렇지만 자연과학적 정확성만이 관찰의 미덕은 아니다. 하늘은 늘 그림의 배경이지만, 올려다 보았을 때 빽빽한 가지와 잎 사이로 듬성듬성 보이는 하늘은 화폭에서 오히려 도드라져 보인다. 하늘이 나무에 세들어 산다는 것은 작가적 관찰이다. 기록이 창작으로 들어서는 지점이다.

관찰이 개별적 사물에 대한 객관적 접근이라면 통찰은 그것을 넘어서는 체계의 발견이다. 보이는 것 너머에 의미를 찾아내고, 현재의 사물에서 지난날을 읽어내며, 미래를 예견하는 예지이다. 유능한 작가는 이 단계에서 독자와 대화를 시작하며, 그렇지 않은 작가는 설교나 자기 과시에 기울어진다. 우광미의 작품은 이 단계에서 사물의 이면을 깊이 들여다본다. 그럼으로써 사물의 존재 양상뿐 아니라 그것이 가지는 의미를 찾아내는데, 그것은 한 사물을 또 다른 세계와의 관계망 속에서 이해하기 때문이다.

올곧은 한지가 되기까지 닥나무는 가마솥에 열 시간 이상 삶겨 세속의 번뇌로 단단해진 껍질을 벗겨 피닥을 만든다. 이를 다시 말린 후 장시간 물에 불려서 남아있는 흑피를 벗겨내고 메밀짚을 태워 만든 잿물에 맨살을 삶아낸다. 저승의 문턱을 넘는 듯한 고통도 이겨내야 한다. 천년을 변치 않는 한지의 비밀이 여기서 비롯되는 것이다. 그래도 끊지 못한 질긴 연의 집착이 있을까하여 볕에 말려 다시 티를 골라낸다.

이후 방망이질인 도침이 시작된다. 이 과정을 수백 번 거쳐야 종이의 밀도가 높아져 섬유질을 형성한다. 또한 한지는 추운 겨울 맑고 차가운 물에 들어가야 한다. 칼바람 속에 자신의 몸을 탄탄하게 죄어 빳빳한 힘을 가지고 광택을 더한다. 해탈을 향해 끝없는 수행을 하듯 문살에 바른 한지는 대상을 압도하려 들지 않는다. 스스로가 가진 틈으로 안과 밖의 경계를 단절하지 아니하고 공존의 분리를 보여준다.

−〈도침〉에서

한지 제조 공정을 빠른 속도로 기술하였다. 한지의 용도는 다양하다. 종교의 경전을 인출하는 바탕이 되기도 하고 최고의 예술품이 되기도 한다. 대수롭지 않은 포장지가 되기도 하고, 일상의 문풍지가 되기도 한다. 그렇지만 이들 사이에 거칠고 정밀한 차이는 별로 없다. 이 작품에서는 일단 문살에 바르는 문종이다. 이 일상적 물건 하나가 만들어지기까지의 과정이 치열하게 그려졌다.

작가가 실제로 그 공정에 참여하였는지 자료를 통해 지식으로 습득했는지는 알 수 없지만, 적어도 체험의 영역에 들어간 것만은 틀림없다. 이것은 우광미 작품에 거의 공통적으로 드러나는 경향이다. 그는 체험을 기술할 때도 그 점을 내세우지 않으며 때로는 누구나 다 그런 것 아니냐는 식으로 넘어가곤 한다. 의도했든 아니든 독자와의 간극을 만들지 않는 중요한 서술 기법이다. 실제 체험 여부와는 무관하게 작품에서 대상에 대한 접근은 은미하게 체계를 갖춘다. 닥나무에서 종이가 되기까지의 과정은 불을 관통하며 인연을 끊는 것으로, 종이가 만들어지고 제자리에 쓰이기까지의 과정은 끊임없는 도침을 통하여 새 생명을 얻는 것으로 묘사되었다. 현실적 체험이든 지적 탐구이든 핵심적 테마—작품의 최종적 사상으로서 주제라는 뜻이 아니라 이야기를 이끌어가는 거점 소주제들—에 의해서 종이를 제작하는 과정이 선택되기 때문에 일관성을 가진다. 그것은 생명이란 것에 대한 은유이다.

    레일의 일정한 간격은 침목이 지켜주고 있다. 레일 밑에서 받치고 있는 침목이 부품들을 물고 놓아 주지 않기 때문이다. 두 레일이 평행을 유지하며 뻗어가는 것은 침목의 그 무뚝뚝한 심성에서 비롯되는 듯이 보였다. 아무리 묵중한 열차가 달려들어 뒤흔들어도 전혀 동요함이 없다. 힘에 부쳐도 끝끝내 버텨내고 레일을 움켜잡는 일에 전념하는 코일 스프링. 두 레일이 깔깔거리며 즐거워해도 지나치면 안 된다고 일러주는 침목. 가까울수록 더 거리를 지켜야 함을 일깨워 주는 것들이다.

분니粉泥가 발생하여 레일에 위험이 닥쳐도 코일 스프링은 온 힘을 다해 위기를 견뎌낸다. 열차의 힘을 이겨내지 못한 자갈이 부서지고 종내에는 생긴 분니를 제거해야 하는 철길. 이 일이 이루어질 때까지 이를 악물고 레일의 간격을 고정시키기 위해 부품들과 침목은 온 힘을 다한다. 서로의 신뢰와 믿음이 있기에 이들이 최선을 다하듯 사람들에게도 관계 유지를 위해 그 무엇이 있어야 한다.

– 〈침목〉에서

기차와 철로. 인류가 이동하는 수단으로 만들어낸 교통기관 중 규모와 속도와 거리에 대한 욕구를 종합하면 이보다 나은 것이 아직은 없다. 그 대신 정해진 궤도를 단 한 치도 벗어나서는 안 되는 엄정한 규범도 여기에 있다. 무게와 속력과 규범, 이 때문에 기차와 철로는 늘 아날로그적 신비로움을 지니고, 접근하기 어려운 대상이다. 금지, 주의, 대기, 정지 이런 단어들은 철로의 권위와 신비를 상징해 주는 단어들이다. 이 금단의 영역에 대하여 좀처럼 풀리지 않는, 설명을 들어도 수긍하기 어려운 점은 쇠길과 쇠바퀴의 위태로운 만남이다. 바퀴보다 좁은 철길에 백 개도 넘는 바퀴가 얹혀서 구르는 원리는 차라리 이해불가 상태로 남겨두고 싶은 심리를 끌어낸다.

그런데 작가는 쇠길과 쇠바퀴의 만남을 넘어서 그것을 떠받치는 근원적 체계와 역학에 대하여 서술하고 있다. 칼날과 칼날을 맞대는 듯 정교한 만남을 지속하게 하는, 매순간 한치의 틈이나 움직임을 허용하지 않는 침목의 역할을 눈여겨보기는 결코 쉽지 않다. 이것은 관찰의 대상이 아니라 통찰의 영역이다. 처음부터 눈길이 미쳐서가 아니라 생각이 미쳐서 살피게 된 것이다. 하나로 뻗어나간 철로와 그것을 부여잡은 셀 수 없는 침목의 토막들, 침목을 사려 문 부품과 코일 스프링의 안간힘, 신음처럼 흩어지는 자갈돌의 파쇄와 분니, 이 위에서 유지되는 평행과 평형, 그래서 평행은 하나의 미학이 된다.

여기서 작가는 중요한 사실을 통찰해낸다. 철길의 평행은 하나의 정태적 현상이지만, 침목의 버팀은 끊임없이 이어지는 동태적 작용이다. 평행은 저절로 이루어지는 것이 아니라 변화의 하나이다. 이렇게 침목의 안간힘을 통해서 이루어지는 철길의 평행처럼, 인간 관계의 평행이 얼마나 힘들고 소중한 일인가를 발견한다. "서로의 신뢰와 믿음이 있기에 이들이 최선을 다하듯 사람들에게도 관계 유지를 위해 그 무엇이 있어야 한다."는 것이다. 흔히 사람들은 더욱 가까워지고 모두를 사랑하는 것이 인류애라고 말하지만, 실제로 그것은 또 얼마나 쉽게 멀어지는 빌미가 되고 끔찍한 증오의 계기가 되는가. 정작 인간관계에서 적절한 거리의 유지와 평행의 지속이 중요하며, 이것도 얼마나 많은 노력을 통해서 이루어지는가 하는 통찰이 엿보인다.

우리는 삶의 여정에서 만나는 사람들과 함께 연주를 하게 된다. 같이 연주를 하는 동안 박자에 맞추어야만 한다. 박자는 삶이 진행되는 시간을 헤아리는 단위일 수도 있다. 본질과 교통할 수 있고, 모든 합의점이 거기에 있기 때문이다. 낙천적인 느린 박자도, 휘몰아치는 빠른 박자도, 각각의 길이는 독립되어 있지만 지판 위에서는 공존하여야 한다.

처음에는 오롯이 내 소리에만 집중하느라 남의 소리가 들리지 않는

다. 차츰 남의 소리가 들리고 그것에 나의 소리가 되비친다는 것을 깨
닫게 된다. 그러므로 내가 가가진 고정관념의 탈피를 통해, 닫힌 상황
을 벗어나 외부와 연결된 세계로 들어갈 수 있는 것이다. 그것은 내면
으로 다시 순환하는 '뫼비우스의 띠'가 지닌 양면성일 수도 있다.

—〈지판〉에서

그의 음악론은 조화를 추구한다. 인용한 작품을 비롯해서 몇몇
작품에서 작가가 실제로 바이올린 연주 활동을 한다는 사실을 알
수 있다. 음악에 대해서 무지함을 빌어서 말하자면 바이올린은 태
생이 이기적인 악기이다. 현악기 중 음역이 가장 높고 소리는 명쾌
하다. 독주 기회가 가장 많은 악기이며, 합주에서도 항상 멜로디를
연주하여 다른 악기의 도움을 받는다. 그런 악기를 체험한 작가가
작품 속에서 독주를 이야기하는 경우는 하나도 없다. 음악은 언제
나 합주라는 생각을 바탕에 깔고 있다.

'지판'은 현악기의 현이 닿는 줄기이다. 흔히 '넥'이라고 부르는
나무판의 앞면이다. 작가는 이 작품에서 지판을 "구도자의 순례지"
이며, "끊임없는 오류와 번민을 받아들이고 잠재운다."라고 하여,

아무런 설명 없이 이중의 은유를 구사하고, 의인화 기법으로 그 핵심을 제시하였다. 연주자가 현을 이 지판에 정확하고 기술적으로 붙이는 데서 소리의 천변만화는 시작된다. 당연히 지판은 현과 만나 음정과 음색을 만들어내는 것이 그 소임이다. 그런데 작가는 줄곧 박자에 대해서 기술한다. 왜일까? 그것은 음정과 음색의 다음 단계이기 때문이다.

인용문에서 소리가 어우러지는 과정을 세 단계로 말했다. 처음에는 내 소리에만 집중하고, 차츰 남의 소리가 나에게 들리고, 끝내는 거기에 내 소리가 되비치는 것을 듣는다. 전문가가 아니고는 두번째 단계에까지는 접근하지만, 남의 소리에 내 소리가 되비치는 것까지는 아무나 갈 수 있는 영역이 아니다. 그렇지만 작가는 거기까지도 같은 부류의 악기들 사이의 일로 여긴다. 그 다음 단계가 박자이다. 미세한 음색의 차이나 작은 꾸밈 장단은 큰 틀에서 용인될 수 있지만, 전체를 하나이게 하는 것은 박자이기 때문이다. 그 박자를 어김없이 공유할 때 비로소 닫힌 상황을 벗어나 외부로 향할 수 있고, 그것이 다시 내면화하는 경지가 열린다는 것이다.

앞서 말한 철로의 매순간 동적인 활동이 정태의 평행을 이루듯이, 음악의 서로 다른 음색과 작은 장단이 하나의 일정한 박자로 통합된다. 어김없이 사람의 삶이 그러하고 그러해야 한다는 통찰이다. 이 단계는 벌써 성찰의 영역으로 넘어서고 있다.

2. 성찰과 내면화

성찰은 사물과 그 존재 원리를 통찰한 다음 그것으로 삶을 되돌아보고 내면화하는 단계이다. 문학의 여러 장르 중 수필은 주제를 가장 직접 표출하는 갈래이다. 그 주제는 흔히 삶을 성찰하는 데 관련되는데, 그 성찰의 깊이와 지향이 작가의 특성이 될 것이다. 앞서 본 바와 같이 우광미 작품의 성찰은 통찰의 단계에서 이미 엿보이기도 하고, 작품의 결말에서 제시되기도 한다. 어느 경우든 자세히 보면 몇 가지의 지향이 작품에 변용되어 나타난다.

하나의 지향은 일상의 재발견과 고백적 표출이다. 앞에서 부분적으로 인용했던 오케스트라 연주나 〈백문〉에서 보이는 전각篆刻은 누구나 할 수 있는 체험이 아니다. 전문적 예술의 영역이다.

또 〈침묵〉에서 보인 관찰과 통찰은 전문적이지는 않지만 빠르게 움직이거나 쫓기는 상황에서 시간을 멈춰 놓고야 가능한 일이다. 그럼에도 불구하고 작가는 그것을 일상적 삶과 결부시켜 해명하고 있다. 이런 점은 그의 작품 곳곳에서 나타난다.

 어머니의 치마폭에서 나온 세상은 달랐다. 모든 일을 혼자 처리해야 했고 그에 따른 책임도 짊어져야 했다. 점점 높아지는 삶의 고도는 숨통이 끊어질 정도로 속을 헤집어 놓을 때도 있었다. 그런 날 어머니는 모아둔 꼭다리를 한 움큼 넣어 김치찌개를 끓여 주셨다. (중략)
 한때는 세상의 모든 것이 바깥에 있는 줄 알았다. 모두 내 안에서 비롯됨을 얼마나 돌아와서 나는 알게 되었는가. 인고의 시간을 견뎌내며 세월에 거칠어지고 퇴색되어 뿌리가 잘리어도 밑동에 남아 있는 꼭다리. 세상의 공기가 들어와 김치에 군내가 나고 하얗게 골마지가 생겨 물러지더라도 잎들을 붙잡고 있다. 이것에서 어머니의 삶을 읽는다. 마지막까지 놓지 않는 꼬랑이의 모습에 머리가 절로 숙여진다.

—〈배추꼬랑이〉에서

특별해서가 아니라 오히려 평범해서 인용해 보았다. 소재도, 주제도, 구성도 평범하다. 배추의 밑동 꼭다리, 어머니, 기억, 되돌아보기 같은 것은 전형적인 수필의 소재이자 기술이다. 그렇다면 어니에 개성이 있는 것인가? 문장의 속도감에 있다.

앞 문단에서 세상을 사는 이는 화자인데 김치찌개를 끓이는 이는 어머니이다. 얼핏 보면 실수이다. 그러나 이것이 우광미 작품의 문장이다. 화자가 어머니 치마폭에서 나와서 산 삶이 숨통이 끊어질 정도라면서도 그 내용을 한 마디도 설명하지 않았다. 그것은 나만의 것이 아니라 어머니의 삶이었음을 비로소 알았기 때문에 주절거릴 수 없다. 당연히 지금 김치찌개를 끓이는 나는 그날의 어머니일 수밖에 없다. 숨이 끊어질 고통도 어머니를 이해함으로써 가라앉고, 어머니의 일을 말없이 함으로써 뒤늦게나마 이해를 한다. 이것이 그의 성찰이다.

뒤의 문단에서는 더 나아가 배추 꼭다리에 머리를 숙인다. 그것은 바깥이 아닌 안을 들여다보았을 때 나와 어머니와 배추가 한 동아리이기 때문이다. 새로운 질서를 발견한 순간 물아의 거리가 사라진 것이다.

이러한 성찰은 대상과 무관하게 혼자의 내면에서 이루어질 수도 있다.

　기울기는 나를 돌아보게 한다. 즐기기보다는 늘 기울기에 긴장하고 내려오면 올라가기를 갈망했다. 한때 시소는 수평이 되어야 탄다고 생각했다. 지금은 세상사가 수평으로만 이루어진다면 다양성에 고개 끄덕일 일도 상대를 이해하려는 배려도 시도하지 않을 것임을 깨닫는다. 시소 위에서처럼 삶의 상대도 내가 원하는 사람만이 될 수는 없다. 돌아가고 더디 가고 기울어지다 우리는 삶을 알게 되는 것이 아닐까.
　시소는 내가 앉은 쪽의 무게를 최소화해야 오를 수 있다. 지난날은 발이 구르는 힘에 의해 올랐다면 지금은 욕망과 집착들을 비워냄으로써 오를 수 있다는 지혜를 시소는 내게 말한다. 몸은 비에 젖고 있지만 정신은 더욱 또렷이 맑아진다.

- 〈시소〉에서

　화자는 방문교사의 체험을 유년의 시소 놀이와 겹쳐 보면서 시간을 넘어 삶의 무게를 가늠한다. 시소가 재미있는 놀이라는 건 시소를 만든 어른들의 생각일 뿐이다. 그것을 타는 아이들에게는 늘 갈등과 공포를 동반한다. 균형을 바라지만 선택은 상대의 몫이다. 무거운 상대가 누르고 있으면 이쪽은 속수무책으로 공중에 떠 있어야 한다. 상대가 갑자기 발을 굴러 솟구치면 영락없는 추락이다.

어른의 일상도 시소타기이다. 차이라면 놀이가 아니어서 그만둘 수 없다는 것. 받아들인다. 상대는 내가 원하는 사람만이 될 수는 없다는 것을. 그래서 올라가는 일도 발 한 번 구르는 간단한 동작일 수 없다. 욕망과 집착을 비워냄으로써 높이 오를 수 있다. 그것도 나의 몫이다. 그러나 내려가는 일은 어쩔 수 없다. 진지한 성찰이다. 어떻게 해도 만족할 수 없지만 그것마저 받아들임으로써 정신이 또렷해지는 아픈 깨달음이다.

이 작가가 추구한 성찰의 승화된 지향은 지속성이다. 성찰은 깨달음을 낳고, 그것은 현실을 극복하거나 승화시키지만, 때로는 되돌아갈 수 없는 일이 사람에게는 적지 않다. 죽음은 많은 것을 끊어서 마무리하지만, 가끔은 남은 이의 가슴에 끝맺음의 기회조차 주지 않고 영원히 지속되기도 한다.

때로는 판단의 기준을 떠나 존재만으로 오롯이 받아들여야 하는 관계가 있다. 병실을 나서며 본 아버지의 눈빛이 허허로운 날에 떠오른다. 자신의 몸을 소멸시키는 희생. 나를 가족이라 밝히지 않은 건 나의 몫으로 돌아오게 될 부담을 생각한 마지막 배려였을까. 나는 무엇을 부정하고 인정했는가.

생전에 거리감으로 서운했던 아버지로 인해 나의 삶도 좀으로부터 격리될 수 있었는지 모른다. 혼자 시조를 짓고, 누가 듣거나 말거나 길게 창하시던 당신. 유달리 지적 방황이 심한 내가 문학의 길로 들어서면서 이제야 알게 되는 깨달음. 내가 가진 정서가 아버지에게 닿아 있음을 부정할 수 없다. 세월이 가도 삭지 않을 슬픔 하나가 나프탈렌의 향을 무시로 바람에 실어올 것만 같다.

-〈나프탈렌〉에서

우광미 작품의 간결함은 내적 냉정함과 함수관계를 가진다. 감성을 머금었으되 밖으로 흘러나오는 것을 매우 절제한다. 그의 작품을 읽어 가도 가족관계나 성장과정 같은, 수필에서 흔히 보이는 삶의 환경이 나타나지 않는 것도 소재에 대한 냉정한 접근에서 비롯되었을 것이다. 그런 점에서 이 작품은 다소 예외적이다. 아버지와의 마지막 결별을 소재로 삼았고, 현실적 삶이 상당히 노출되었다. 그렇지만 진술이 감성에 이끌리지는 않는다. 전반부에 소설적 구성 방식을 원용한 것도 이 때문이다.

인용문은 작품의 끝부분이다. 유학파이자 문장가였던 아버지, 그 아버지를 가난하게 만든 오빠의 실패, 그들은 각자의 방식으로 실패의 책임을 끌어안는다. 나프탈렌은 그들이 기댄 최소한의 정화 도구이다. 아버지의 마지막 배려는 딸의 부담을 우려한 데서 선택한 관계의 부정이며, 딸인 화자는 침묵으로 동조해버린다. 아버지의 허술한 회한은 화자에게 전이되고, 화자는 두 배의 성찰을 한다. 그것이 좀처럼 사라지지 않는 나프탈렌 향으로 남아 무시로 바람에 실려온다.

글을 쓰거나 그림을 그리기 전에 백지 앞에서 나는 가끔 공포를 느낀다. 때로는 아무런 흔적도 없는, 누구도 지나간 적 없는 새로운 길에 발을 들여놓는 것처럼 두려움에 떨기도 한다. 사는 일도 이렇듯 비어 있는 종이 앞에서 자신과 독대하는 일인지도 모른다.

방안엔 다시 바람이 든다. 틈 사이로 든다. 드는 건 바람만이 아니다. 천년의 비밀을 간직한 한지의 고요한 순응의 미소가 바람소리에 묻어난다. 가을밤을 울리는 마음의 풍경소리가 다시 내게 도침을 요구한다.

−〈도침〉에서

많은 경우에 소재는 단순한 물적 재료로 머무르지 않고 생명체로 승화한다. 〈도침〉은 대표적으로 그것을 보여준다. 닥나무에서 종이로 완성되기까지 대상은 긴 고행을 한다. 그리고 작가는 어둠의 적요 속에서 한지가 들려주는 이야기를 들으면서, "나도 한 그루의 나무였을까? 그렇다면 어떤 나무였을까?"라고 상념에 든다.

마침내 종이 앞에서 두려움과 함께 경건하게 자신과 독대한다. 절대적인 성찰이다. 그리고 바깥의 바람과 안의 나와 둘을 아우르는 한지는 합일의 경지에 이른다. 안과 밖이 없어지고 천년이 순간에 응결된다. 그래서 두려움과 환희가 사라지고, 나는 극한의 불과 물의 세계로 들어가는 도침을 끊임없이 되풀이한다. 이것은 살아서 끝이 없는 구도의 길이다. 그 길을 이끄는 풍경소리는 내 마음에서 울려온다. 그것이 성찰이다.

3. 견고한 에토스, 화해와 초극의 미학

작품의 주제는 작가의 에토스에 바탕을 둔다. 여기서 말하는 에토스란 그리스 수사학에서 말하는 설득의 수단 중 화자의 인품을 중시하는 태도이다. 아리스토텔레스는 "화자의 인품은 그를 신뢰할 만한 인물로 만들 수 있게 이야기될 때 설득의 원인이 된다. 대체로 우리가 거의 모든 것에 대해서 믿을 만한 사람을 더욱 쉽게 신뢰하기 때문이다. 정확한 지식의 범주를 벗어난 문제점에 대해서 의견이 분분할 때 우리는 믿을 만한 사람을 절대적으로 신뢰한다. 그래서 이러한 신뢰는 이야기 자체에 대해서 구축되어야 하지 화자가 어떤 사람이라는 선입견에 의해 결정되어서는 안 된다. 화자의 인품이 모든 설득의 수단 중에서 가장 강력한 것이다."라고 하였다.

이러한 고전적 견해는 작가에게도 적용된다. 작가는 작품을 통해서 세계관과 윤리적 기초를 드러내고, 이것은 다시 그의 작품 세계를 이해하는 바탕이 된다. 우광미 에세이에서 에토스를 문제 삼는 것은, 그의 작품이 지적인 설명에 바탕을 두는 로고스나 독자를 감정적으로 격동시키려는 파토스에 거의 의존하지 않고 에토스적 공감을 강하게 드러내기 때문이다. 이것이 개별 작품의 주제로 구체화하는 것이다. 그러면 기본적 에토스는 무엇이며, 어떻게 표출될까?

작가가 스스로의 에토스를 말할 수는 없고, 만약 스스로 어떤 도덕적 품성을 지녔는지 말한다면 작품의 격은 떨어지고 만다. 그것은 작중 화자의 태도나 전체 작품의 주제적 지향을 통해서 독자가 간파하고 신뢰하여야 할 문제이다. 그런 점에서 우광미의 에토스적 지향은 일관되고 선명하게 드러나는 편이다. 통찰과 성찰을 통해서 최종적으로 나아가는 지점이 그것인데, 전체를 관통하는 에토스는 화해를 통한 전체성 확보 또는 현실 초극이다.

여기서 말하는 화해란 소박하게 오해 또는 미움으로 생긴 심적 거리를 해소하는 행동을 포함하지만, 더 나아가 인간과 인간 또는 인간과 세계 사이의 존재 이유를 서로 존중하는 철학까지 포함한다. '화'는 서로 같은 것과 다른 것을 인식하고, 그 같고 다름을 그 대로 둔 채 서로의 길을 인정하며 가는 태도이다. '해'는 그 상대적인 가치를 존중하여 서로 돕는 것을 말한다. 돕는다고 했지만 실제로는 행위를 하지는 않아도 공존하는 것 자체가 서로에게 도움이 된다는 높은 차원의 동의이다.

우선 단순한 감성의 소통으로서 화해를 보자.

마주친 아이의 눈빛에서 내 어린 날을 꺼내어 본다. 그맘때쯤 엄한 부모의 관심 속에 한 번도 밖으로 표출해 보지 못한 사춘기의 기세가 웅크리고 앉아 있다. 불안하고 겁에 질린 기색이 역력하다. 상기되어 붉은 얼굴은 차라리 푸른 빛을 띤다.

그곳을 빠져나와 말없이 걸었다. 때로는 말보다 더한 울림이 침묵 속에 있으리라. 바깥은 검붉은 보랏빛 어둠이 주단처럼 깔려 있다. 올 때와는 다르게 걸음이 느려진다. 기쁘고 신이 날 때나 외로움이 밀려오면 콧노래를 흥얼거리는 습관 탓인지 어느새 나도 모르게 낮은 소리로 콧노래가 나왔다. 애창곡이다. 어릴 때부터 들어 왔으니 아이도 내 눈치를 살피다 이절을 시작 할 땐 따라 부른다. 우리는 누가 먼저랄 것도 없이 어깨동무 하고 집을 향해 걸었다.

—〈다카포〉에서

　파출소에 불려가서 아이를 데리고 돌아오는 길이다. 난감하고
어쩔 줄 모르는 아이에게 감성적으로 다가가는 방식은 사춘기의
나를 겹쳐 보는 것이고, 행동으로 다가가는 방식은 노래 부르기이
다. 신이 나거나 외로울 때 부르던 노래를 신나지도 외롭지도 않을
때 부른다. 망설임과 쑥스러움을 무릅써야 했지만 "나도 모르게"
라고 누르고 노래를 부른다. 힘겨운 화해의 요청이다. 이 힘든 작
은 화해를 통해 가족관계의 일상성을 회복한다. 그 일상성은 회복
을 넘어 승화이다.

　작품 전체를 일별해 보면 작가는 수더분한 사람이기보다 낯가림
이 심한 편임을 간취할 수 있다. 그렇기 때문에 화해의 이면에는
망설임과 물러서기가 여러 차례 있고, 그러한 내적 갈등을 넘어서
힘겹게 손을 내민다. 문면에 드러내지 않았을 뿐이다. 이 점이 그
의 작품에 속도감을 더한다. 행은 짧지만 행간은 너르다.

　　남편을 보내고 나서야 자신의 속마음을 말하지 못한 것이 마음에

남는가보다. 그녀가 배우고 싶은 건 악기가 아니다. 많은 세월 미움이라 생각했던 감정의 실체일 수 있다. 또한 그 추억 속에 머무르고 싶은 것인지도 모른다. 아버지가 돌아가시기 전 그녀가 입버릇처럼 하던 말이 있다.

"나 죽으면 절대 무덤조차 니 애비 곁에 나란히 두지 마라."

평소에 자주 하던 말이라 그렇게 하는 게 도리라고 생각해 오던 터였다. 훗날 짧은 생각으로 그 말을 따랐다면 필시 후회하였을 것이다.

(중략)

오랜만에 건 수화기 너머 엄마의 목소리는, 무리한 여행으로 몸살을 앓고 있는 듯하다. 사소한 몇 가지 일정들을 뒤로 물리고 들렀다. 침대머리에 사진이 있다. 어디에 감춰두었다가 꺼냈는지 처음 보는 사진이다. 어쩌면 기억 속에서 겨우 꺼낸 추억의 사진인지도 모를 일이다. 어린 묘목을 배경으로 아코디언을 맨 내 아버지 곁에, 긴장한 듯 카메라를 향해 수줍게 미소를 띤 여인이 있다. 세월의 강을 넘어서 그렇게 그녀가 있다.

―〈해빙기〉에서

여기서 화해는 단순한 오해의 해소나 용서와 수용 같은 일상적 태도보다 훨씬 심화된 삶의 방식이다. 우선 작품 전체를 보아 서로에게 해를 끼치거나 해를 입었다는 생각은 없다. 화자의 부모인 부부는 각자의 생각대로 살았을 뿐이며, 그것이 서로에게 불편하기도 했을 뿐이다. 물론 이것이 작은 문제라는 뜻은 아니다. 가족의 행동양식이 서로의 이해 범위를 넘어섰다는 것은 일종의 공동체적 질서가 허물어졌다는 뜻이다.

그런데 남편을 보내고 나서 부인에게 남는 아쉬움은 속마음을 말하지 못한 사실이다. 그것이 증오심으로 표출되는데, 실제로는 자신에 대한 히스테리이다. 후에 추억이 남은 일본 여행을 통해 화해가 이루어진다. 이는 상대와의 친화가 아니라 자신의 지난날에 대한 포용이며, 죽은 남편에 대한 그리운 감정의 회복이다. 이러한 자기 정화를 통해 삶의 질서를 되돌려 놓는다.

우광미 작가의 작품세계에서 가장 기초적인 에토스는 인간에 대한 신뢰이다. 그래서 그의 작품에는 심각한 대립이 좀처럼 보이지 않는다. 도저히 이해할 수 없거나 공존하기 어려운 상황에서도 사람 관계를 내려놓기는 하지만 파괴적이지는 않다. 언제나 새로운 화해의 길을 모색하고, 현실에서 그것이 이루어지지 않더라도 초극의 길을 모색한다.

　　활을 긋는 순간 가슴속 밑바닥 시간의 앙금을 긁어내는 낮은음에 온몸이 울린다. 나의 몸을 울린 음은 세상을 향해 낮고 길게 퍼져 나간다. 낮다는 건 자신을 바닥에 내려놓은 자만이 느낄 수 있는 일이다. 어쩌면 제 생의 깊이를 더 삭혀 내지 못한 울음들이 고여 있는 곳이다. (중략)

　　건축가의 꿈을 접고 빌딩 숲속 로프에 매달려 반짝이는 도시의 간판을 달았다. 높은 빌딩이 그에게는 삶의 가장 낮은 자리였을 것이다.

　　"태풍이 다녀가도 내가 건 것은 절대 날아가지 않아."

　　절망의 농밀한 어둠 속에서도 빛나는 자신의 꿈을 함께 걸었을지도 모른다. (중략)

　　창밖은 흐린 날씨로 무채색이다. 악보를 펴고 첼로를 켠다. 낮은 기압으로 소리는 평소보다 낮게 멀리 퍼진다. 간간히 그의 얼굴이 악보와 오버랩 된다. 어느새 국화꽃 한 다발을 들고 나의 소리는 그에게로 가고 있다.　　　　　　　　　　　　　　　　　　　　　-〈자리표〉에서

작가는 한 작품에서 두 사람의 삶을 겹쳐 보여준다. 하나는 바이

올린 연주자로서 교통사고를 당하여 그 길을 접어야 하는 상황에서 첼로로 바꾸어 지금까지 알지 못했던 새로운 음악의 세계를 발견하는 자신의 체험이다. 또 하나는 건축가의 꿈을 키워가다가 생활고로 인해 간판공으로 전환하였지만 끝내 젊은 나이에 생을 마감한 가족의 이야기이다. 정도의 차이는 있어도 공통적으로 절망이라는 상황에 내몰렸다. 전적으로 외적인 원인으로.

그렇지만 절망하거나 탓하는 태도는 보이지 않는다. 절망을 극복하는 사유는 낮은 것의 발견과 현실의 승화이다. 연주자는 악기가 가슴에 닿아 함께 울리는 체험을 통해 소리가 가지는 감각이 아니라 의미를 발견한다. 그것도 스스로를 더 내려갈 수 없는 지점에 내려놓고 거기서 끌어올리는 소리를 통해서 낮음과 멀리 이어짐의 관계를 발견한다. 간판공은 가장 높은 빌딩의 꼭대기를 바닥으로 삼는 위험을 감수하면서 꿈을 향해 성실하게 살아간다.

그래도 불운은 끈질기게 달라붙지만, 그마저 탓하지 않고 다가가 받아들임으로써 극복한다. 오빠는 자신뿐 아니라 가족의 희생까지 요구하는 병마를 향해 스스로의 삶을 내려놓음으로써 가족을 감싼다. 작가는 속수무책으로 보낸 가족에게 자신이 발견한 낮은

음으로 다가간다. 절망이라는 상황과도 불화하지 않는 초극이다.

이러한 사유는 개인의 차원에 멈추지 않고 시공간을 넘어 세계를 화해시키는 데까지 이른다.

고분 안은 고요하고 서늘하다. 잠시 정적이 흐른다. 돌출된 관람대 아래 장엄하게 왕이 누워 있다. 석곽 안 목관 아래 잠들어 있다. 주변으로 수십 구의 시신 모형이 석관 속에 누워 있다. 왕의 권위를 보여주기 위해 죽은 순장자들이다. 왕이나 고관이 죽을 때 많은 사람을 죽여서 함께 매장한다는 순장. 부장품들과 함께 매장된다. 이처럼 하나의 봉분 속에 주인공과 순장자를 별도의 매장 공간을 마련하여 묻은 것은 대가야 장송 의례의 한 특징이다. (중략)

고요에 더욱 귀를 기울인다. 소리는 끝없이 태어나 이어지고 흩어진다. 이승과 저승의 길에 소리를 베풀어 북두에 고했을 우륵의 가야금 소리를 생각해 본다. 이슬이 넉넉한 순한 밤에 대궐 쪽으로 절을 하고 소리를 베풀어 진혼곡을 북두에 고하던 우륵의 가얏고 소리가 적막을 울리는 듯하다. 소리가 뜨겁고 간절할수록 약수弱水를 건너 서천으로 가는 자들의 혼을 달랬으리라. (중략)

추가로 시신을 묻을 수 있는 수혈식 구조는 어쩌면 순장이 아니라 나중에 곁 묻은 추장追葬은 아닐까 생각을 해본다. 이 과정에 반드시 음악이 함께하였다. 살벌하고 서늘하던 그곳이 정겹고 따뜻하게 느껴진다. 살아서 무엇이든, 어떤 삶을 살았든, 죽어서도 이웃으로, 가족으로 영원히 남고자 하는 염원의 현장이다.

—〈추장〉에서

대가야 고분 박물관을 소재로 쓴 작품이다. 아마 작가는 실제 현장을 답사하고 적지 않은 충격에 빠졌다가 많은 생각을 하고 썼을 것이다.

인용한 첫 단락은 실제 고분을 재현한 현장이다. 왕의 관을 중심으로 동심원을 이룬 수많은 시신들을 순장자들로 받아들인다. 그것이 역사학자나 고고학자들의 고증을 거친 추정이기 때문이다. 그렇지만 이 담담한 서술의 이면에는 이미 작가가 받아들이기 힘든 충격이 숨어 있다. 그래서 가야의 악기와 음악에 대해서 자세한 해석과 상상을 엮어 길게 서술한다. 순장이라는 잔혹한 권력 의지를 가진 인간에 대하여 음악이라는 순화된 문화를 부여함으로써 참혹함을 극복하려는 것이다. 그래서 역사학자의 고증에 맞서듯이 음악에 대하여 진지하게 고증한다. 그것이 두번째 단락이다.

마침내 작가는 하나의 승화된 결말에 도달한다. 권력을 위해 산 사람을 잔혹하게 죽이는 것이 아니라, 삶을 함께 하던 사람을 죽은 후에 곁에 묻어주는 추장이라고 말한다. 그럼으로써 "살벌하고 서늘하던 그곳이 정겹고 따스하게" 느껴지는 것이다. 죽은 이를 위해 산 이를 버리는 것이 아니라, 죽음의 세계에서도 생명을 공유하는 생명의 찬가이다. 어느 쪽이 역사적 사실에 더 가까운 고증이냐고 묻는 것은 어리석은 일이다. 가느다란 증거를 확대해석하는 학자의 주장이 휴머니스트의 통찰보다 언제나 앞서는 것은 아니다.

여기서 작가는 놀라울 정도의 통찰과 초극을 보여준다. 개인의 감성과 바람에 그치지 않고 고증과 상상을 융합하여 인간의 역사에 하나의 제안을 한 셈이다. 이것이 우광미 작품이 가지는 에세이로서의 성격이기도 하다.

지금까지 몇 가지 측면에서 우광미 작가의 작품들을 일별해 보았다. 그들 측면은 분리되지 않고 유기적으로 작품을 이룸으로써 한 작가의 세계를 드러낸다. 그것은 대상을 존중하는 관찰에서 출발하여 통찰이라는 전체성을 확보하고, 다시 성찰로 내면화한다. 이 과정에서 견고한 에토스가 드러나며, 화해와 초극이라는 가치로 구체화한다. 작가는 이러한 에토스를 바탕으로 에세이의 본질을 더욱 다양하게 구현하는 작품을 지속적으로 창작할 것이다.

우 광 미 에 세 이

궤적을
찾다